마르셀 프루스트
Marcel Proust(1871~1922)

1871년 프랑스 파리의 부유한 중산층 가정에서 태어났다. 병
약한 유년 시절을 보내면서도 문학과 예술에 지대한 관심을
키워간다  리정치대
학에서   하며 자신
의 길을   ㅕ 당대 예
술가, 작가   와 인간관
계를 유심히 관찰한다.

1896년에 소설과 단편 등을 엮은 첫 책 『쾌락과 나날』을 출간
하나 성공을 거두지는 못한다. 본격적으로 작가의 길에 들어
선 그는 1913년 자비로 『잃어버린 시간을 찾아서』의 1편 「스
완네 집 쪽으로」를 출간하여 문단의 주목을 받고, 1919년 선
보인 2편 「꽃핀 소녀들의 그늘에서」로 공쿠르상의 영예를 안
는다. 이에 힘입어 이듬해 프랑스 정부로부터 레지옹도뇌르훈
장을 받는다. 이후 계속해서 건강이 악화되는 와중에도 집필
에 몰두하여 1921년 4편 「소돔과 고모라」 첫 권까지 출간하지
만, 1922년 폐렴으로 『잃어버린 시간을 찾아서』의 완간을 보
지 못한 채 세상을 떠나고 부모님과 같은 페르 라셰즈 공동묘
지에 안장된다. 1927년 7편 「되찾은 시간」 출간으로 비로소 장
대한 기념비적 소설이 집대성된다.

프루스트가 생전에 출간한 그 밖의 책은 비평적 산문을 모은
『모작과 잡록』(1919), 영국 비평가인 존 러스킨의 『아미앵의 성
서』 『참깨와 백합』 번역서 정도에 불과하다. 그러나 시간의 흐
름과 인간의 본성, 사랑과 예술 같은 보편적인 주제를 실험적인
문체와 철학적인 사유로 그려낸 필생의 역작 『잃어버린 시간을
찾아서』는 20세기 문학의 출발점이자 도달점으로 불리며 문학
사에 한 획을 그은 소설로 지금도 칭송받고 있다.

프루스트의 문장들

프루스트의
문장들

마르셀 프루스트

최미경
엮고 옮김

마음산책

엮고 옮긴이 | **최미경**

서울대학교 불문과와 동 대학원을 졸업하고 프랑스 파리4대학에서 현대문학 박사학위를, 파리3대학 통번역대학원에서 통번역학 박사학위를 받았다. 한강, 이승우, 황석영 등의 작품을 프랑스어로 번역했고 제10회 한국문학번역상 대상, 제7회 대산문학상 번역 부문을 수상했다. 2017년에 옮긴 황석영의『해질 무렵』은 제2회 에밀 기메 아시아 문학상을 수상했고, 프랑스에 한국 문화를 알리는 데 기여한 공로로 제7회 한불문화상을 받았다. 정상회담을 비롯한 여러 현장에서 동시통역사로도 활동하고 있으며, 현재는 이화여자대학교 통역번역대학원 한불전공 교수로 재직 중이다.

마르셀 프루스트의『쾌락과 나날』『익명의 발신인』, 빅토르 위고의『천 프랑의 보상』등을 옮겼고, 동물과 환경 보호, 사회정의에도 관심이 많아『추백이와 따굴이가 함께 사는 세상』이라는 책을 쓰기도 했다.

프루스트의 문장들

1판 1쇄 인쇄 2025년 2월 5일
1판 1쇄 발행 2025년 2월 10일

지은이   마르셀 프루스트
엮고 옮긴이 최미경
펴낸이   정은숙
펴낸곳   마음산책

담당 편집   김수경
담당 디자인   오세라
담당 마케팅   권혁준 · 김은비
경영지원   박지혜

등록   2000년 7월 28일(제2000-000237호)
주소   (우 04043) 서울시 마포구 잔다리로3안길 20
전화   대표 362-1452 편집 362-1451 팩스 362-1455
홈페이지   www.maumsan.com
블로그   blog.naver.com/maumsanchaek
트위터   twitter.com/maumsanchaek
페이스북   facebook.com/maumsan
인스타그램 instagram.com/maumsanchaek
전자우편   maum@maumsan.com

ISBN   978-89-6090-917-5 03860

* 책값은 뒤표지에 있습니다.

항상 당신의 삶 위에
하늘 한 조각을 간직하세요.

마르셀 프루스트(1871~1922)

차례

**예민한 감각으로 삶을 번역해낸 작가 프루스트,
인간의 구체적인 감정을 극한까지 구현한 문장들**

고뇌하는 존재

20세기 이후 문학에 거대한 산처럼 놓여 있는
프루스트의 잊을 수 없는 문장들뿐만 아니라 작가가
되어가는 과정을 함께 읽고자 하는 것이 이 책의
구성 동인이다. 우리를 사로잡고 긴 여운을 남긴 그
많은 문장은 그저 실타래처럼 풀려 나온 것이 아니다.
고뇌하는 젊은 문학도, 짧은 평생을 질병에 시달린
사람, 19세기에서 20세기로 넘어가는 거대한 역사의
파고 속에 감지한, 돌이킬 수 없을 많은 변화에 대한
시선, 인류가 당시까지 이룩한 찬란한 문화예술작품에
대한 찬미, 동시대인들과 관습에 대한 연민과 관찰.
그가 남긴 다양한 글과 문학작품을 통해 본 그는
동시대를 살아간 깨어 있는 시민이었으며 무엇보다도
문학인으로서의 소명 의식을 확신하기까지 고뇌하던
존재였다.『잃어버린 시간을 찾아서』는 결국 작가의
문학적 소명을 찾아가는 길이기도 한데, 마지막 편인

「되찾은 시간」에서 그는 작품을 쓴다는 것은 결국
우리의 삶을 번역하는 일에 다름 아님을 고백한다.

아름다움을 추구하며

마르셀 프루스트는 1871년 7월 10일 파리에서 출생하여
1922년 11월 18일 파리에서 사망했다. 저명한 의사였던
아버지와 교양 있고 부유한 유대인 출신의 어머니를 둔
그는 아버지의 명성 덕에 당시 귀족사회에 출입하며
예술가, 작가 들과 교류하게 된다. 프루스트는 어린
시절부터 건강이 좋지 않아 어머니의 헌신적인 돌봄
속에 성장했다. 법조인이나 외교관 등 다양한 직업을
추천받았지만, 문학청년이었던 그는 부친의 반대를
무릅쓰고 글을 쓰기로 한다. 부모님과 주고받은
편지들을 살펴보면 생활비의 용처에 대해 변명을
하기도 하고, 항상 지출이 있어 어려움을 겪기도 한다.
비평 기사를 쓰거나 〈르 피가로Le Figaro〉〈두 세계에
대한 평론La Revue des deux mondes〉 등에 기고도 하면서
작품을 출간하기 위해 애쓴다. 1895년 처음으로
자전적인 소설을 썼으나 생전에는 출간에 이르지
못했고, 1952년에서야 『장 상퇴유Jean Santeuil』란 제목으로

출간된다. 자전적 요소가 가득한 이 소설에서 그는
『잃어버린 시간을 찾아서』의 주요 테마인 심약한
화자, 어머니에 대한 과도한 집착 등을 그린다. 그는 또
1900년에 베네치아를 여행할 때 영국의 저명한 비평가
존 러스킨의 발자취를 따라 예술작품들을 감상하는데,
이는 그가 다양한 예술작품들을 깊이 있게 묘사하는
밑거름이 된다. 이후 자신을 매료시킨 러스킨의 작품
『아미앵의 성서La Bible d'Amiens』와 『참깨와 백합』을
번역하기도 한다.

프루스트가 1896년 집필한 첫 소설 『쾌락과 나날』에는
이후에 그가 쓰게 될 『잃어버린 시간을 찾아서』의
주제들을 구성하는 다양한 요소가 이미 대부분
등장한다. 그의 여러 작품들을 읽어보면 몇몇 테마는
그의 첫 소설 또는 미완성 단편소설 등에 여러 차례에
걸쳐 변주처럼 등장한다. 초조했던 젊은 프루스트는
문학적 성공을 위해 심미적이고 감각적이며 지나치게
가공한 느낌을 주는 문체를 사용, 이는 이후 『잃어버린
시간을 찾아서』의 첫 권을 출간하기 위해 출판사를
찾았을 때 앙드레 지드가 거절한 이유이기도 했다.
어찌 보면 『잃어버린 시간을 찾아서』보다 더 난해하고,

문장의 아름다움을 극단적으로 추구한 글*이지만
이제 세상에 나선 젊은 작가의 삶에 대한 깊은 통찰을
보여준다. 특히 이 소설집은 그가 친애하던 벗 윌리
히스의 죽음에 헌정되었고, 프루스트가 병약해서였는지
죽음이라는 주제는 끊임없이 등장한다. 유한한 삶을
살고 있다는 의식이 그를 죽음에 집착하게 만든 것
아닐까.

드디어 잃어버린 시간을 찾아서

잡문과 비평문 등을 쓰던 프루스트는 1907년 드디어
『잃어버린 시간을 찾아서』의 집필을 시작한다.
프랑스국립도서관의 온라인 자료 검색을 통해 본 그의
원고에는 수많은 탈고 흔적이 남아 있다. 천식으로
고통받던 그는, 대부분의 시간을 할애하여 글을 쓰고
또 고친다. 원고를 갈리마르 출판사의 전신 격인
NRF Nouvelle Revue Française 선집에 의뢰했으나 당시 앙드레

---

*   『쾌락과 나날』 옮긴이의 말에 "거의 집착적으로 언어 조탁을
      한, 음악 장르로 말하면 다양한 형식이 혼합된 환상곡과 같은 이
      작품"(313쪽)이라고 언급하였다.

지드를 포함한 편집진의 거절로 성사되지 못한다.
다른 두 개의 출판사에서도 거절당하여 결국 1913년이
되어서야 그라세 출판사에서 「스완네 집 쪽으로」를
자비출판한다. 지드는 이후에 1928년 11월호 〈NRF〉에
프루스트에게 보낸 서신을 공개한다. 그는 책이
출간되고 나서 며칠 동안 지치지도 않고 포화 상태가
될 때까지 프루스트의 원고를 얼마나 감탄하면서
읽었는지 모른다고 찬사를 보내며, 명작을 알아보지
못한 불의를 저질러 크게 후회한다고 적고 있다. 결국
그는 그라세에서 경매에 부친 프루스트의 원고를
회수하여 갈리마르에서 재출간하고, 이후 작품들은
모두 갈리마르에서 출간된다. 프루스트는 지드의
서신에 대한 답으로 그가 출판을 거절했던 점에 대해
유감을 갖고 있지 않다고 밝히며 대작가가 감탄해주어
감사하다는 뜻을 표한다. 2편 「꽃핀 소녀들의
그늘에서」가 1919년 공쿠르상을 수상하나, 천식으로
평생 고통받은 데다 원고를 정리하느라 무리한
프루스트는 폐렴으로 1922년에 사망한다.

『잃어버린 시간을 찾아서』는 제목에도 드러난 것처럼
시간에 대한 생각이 많은 부분을 차지한다. 시간은

삶의 궤적이자 인간이 누리는 유한한 척도로, 시간이
지나감은 현존할 수 없음과 동의어이다. 유감스럽게도
시간을 살고 있을 때 인간은 깨닫지 못하는 경우가
많다. 심지어 임박한 죽음을 앞두고도 남은 시간에 대해
의식하지 못한다. 지나간 시간, 잃어버린 시간은 또
망자와의 시간이기도 하다. 외할머니와 연인 알베르틴,
소중한 벗 생루, 부모님의 죽음은 인간과 시간, 애도
그리고 추억에 대해 많은 생각을 하게 만든다.

동시대를 살아가는 예술가로서

그의 작품과 편지를 읽고 인간 프루스트에 대해 알게
될수록 그의 삶을 단축시킬 정도로 그가 공을 들인
글들에 연민과 감탄을 느낌과 동시에 결국 이 모든 것은
인간의 삶에서 우러나왔다는 결론에 이르게 된다. 당시
프랑스 사회, 문화, 정치에 대한 예민한 관찰과 일정한
관여를 통해 그는 동시대의 삶에 참여해왔다. 마들렌을
통해 추억을 상기하는 낭만적인 작가로 알려진 그는
사실은 파리 생제르맹가의 귀족들과 부르주아들이
모이는 사교계를 고찰하며 곧 단절될 19세기식 삶을
예견한다. 한편으로는 국가권력에 맹목적인 반유대파

국수주의자들과 대립, 필적이 유사하다는 이유로
드레퓌스 대위를 처벌한 사건에 반대해 재심을 요구한
에밀 졸라 같은 작가의 편에 서서 드레퓌스를 열렬히
지지하며 반드레퓌스파 작가들과는 언쟁을 벌이기도
한다.

그뿐만 아니라 문인, 예술가로서 문학, 미술, 공연, 음악
등 다양한 분야에 거의 전문가적 조예를 가지고 있었다.
『잃어버린 시간을 찾아서』에 지속적으로 등장하며,
작곡가 세자르 프랑크의 소나타를 모델로 했다고
알려진 뱅퇴유 소나타에 대한 분석을 보면 악보의
소절별로 테마, 리듬, 박자 등을 분석했음을 알 수
있다. 또 인용되는 많은 화가의 작품들도 르네상스에서
동시대까지 망라하고 있다. 보티첼리를 비롯해 브뤼헐,
렘브란트 등의 작품을 정교하게 묘사하는데, 특히
보티첼리의 작품들은 오데트와 스완의 사랑에 중요한
모티프로 활용된다.

동시대 사람들과 당시의 사회를 묘사하는 데 있어서
꼭 정치적인 올바름만이 기준이었던 것은 아니다.
특히 제1차 세계대전 중에 파리로 돌아온 화자가

게르망트가의 귀족 샤를뤼스 남작과 생루의 독일에
대한 애정을 그대로 드러내는 부분이 그러하다.
샤를뤼스는 노골적으로 독일인에 대한 감탄을
내뱉고, 생루는 슈만의 가곡을 독일어로 흥얼거리면서
계단을 내려오는 장면이 있다. 움베르토 에코는
2013년 「유럽의 문화정체성은 대화L'identité Culturelle
Européenne, C'est le Dialogue」라는 글에서 『잃어버린 시간을
찾아서』의 이 부분을 인용한 바 있다. 프루스트는
제1차 세계대전이 한창인 파리에서 독일 문화와 음악을
애호하는 두 등장인물을 통해 적국의 문화와 언어에
애정을 드러냄으로써 유럽의 문화정체성에 대해
생각해보게 한 것이다. 생루는 결국 제1차 세계대전에
참전하여 전사하고 가장 고귀한 친구를 잃은 화자는
두문불출하며 애도한다. 게르망트 공작 부인은
동성애자인 샤를뤼스 남작을 '메메mémé, 할머니'라고
부른다. 오늘날의 시선으로 보면 정치적으로 옳지 않아
비난의 대상이 될 수 있는 계급사회의 편견, 당시의
불편한 풍속들도 아이러니하게 묘사되어 있다.

프루스트의 작품에서 장소와 자연은 등장인물만큼이나
중요한 역할을 한다. 『잃어버린 시간을 찾아서』 각 편의

제목인 「스완네 집 쪽으로」나 「게르망트 쪽」을 비롯해
콩브레, 발베크는 물론 베니스, 오페라좌, 샹젤리제
등 지리적인 상징성도 중요한 의미를 갖는다. 지명은
그곳에서 함께 시간을 보냈던 등장인물들과의 관계뿐만
아니라 그들이 속한 계급, 집단성으로 소설의 구성에
참여한다.

쉽게 곁을 내어주지 않더라도

무엇보다도 프루스트 글쓰기의 특징인 끝없이 긴
문장에 대해서도 이야기해야 한다. 번역가를 괴롭히는
끝이 보이지 않는 문장을 처리하기 위해 어순이 전혀
다른 한국어와 프랑스어를 가지고 작업하는 번역가의
고민은 깊다. 수식이 된 모든 표현을 끌고 올라와서
구문의 순서를 완전히 바꾸어 처리할 것인가, 아니면
호흡하듯 자연스럽게 읽어가면서 관계어가 없는
한국어에서 반복 표현을 사용할 것인가. 긴 문장 처리에
대한 고민은 사실 어떻게 프루스트의 문학 세계에
입문할 것인지에 대한 고민과 일치하기도 한다.

그의 대표작인 『잃어버린 시간을 찾아서』는 문학사의

이정표로 우뚝 서 있고, 함부로 정복을 허락하지 않는 어떤 거성이자 불문학도들도 완독이 어려운, 아니 한 권을 시작하는 것도 쉽지 않은 작품으로 남아 있다. 심지어 독서량이 많기로 알려진 프랑스인 중에도 전권을 읽은 사람은 거의 없다. 노벨문학상 작가 르 클레지오조차 서울에서 한 강연에서 감히 프루스트의 세계에 입문하지 못하다가 일본 하이쿠 작가 바쇼의 종소리 대목을 읽은 후, 스완이 출입할 때 화자의 집에 울리던 종소리와 상응을 발견해 작품 세계에 들어갈 수 있었다고 고백한 바 있다.『프루스트와 함께하는 여름』의 저자이자 프루스트 전문가인 앙투안 콩파뇽의 경우, 프루스트의 세계로 들어가기 위해 『잃어버린 시간을 찾아서』를 프루스트가 구어체로 말하듯 적었다고 생각하고 읽을 것과 부분적인 독서를 권장했다. 언젠가 화자의 이야기를 듣는 느낌으로, 자연스러운 문장 순서로『잃어버린 시간을 찾아서』의 번역을 시도해볼 수 있을 것 같다.

19세기에 발자크와 졸라가 거대한 인간 극장을 연작소설로 남긴 것이『인간 희극』과『루공마카르 총서』였다면 프루스트는『잃어버린 시간을 찾아서』에서 20세기 초의 인간사를 그린다. 사회 역사적 맥락 속의 인간, 느끼고 사고하고 고뇌하고 덧없이 사라지는 인간에 대해 그리기 위해 등장인물은 200명 이상에 이른다. 『잃어버린 시간을 찾아서』 전체를 연결해 읽지 않으면 줄거리를 잃고 인물별 전개를 놓치기 쉽다. 그러나 부분 읽기도 큰 매력이 있다. 「게르망트 쪽 I」까지 읽은 후에는 더욱 부분적인 읽기가 가능해 보인다. 등장인물들이 다 등장했기 때문에 뒷부분은 줄거리보다 프루스트의 시선, 분석, 묘사를 읽는 묘미가 크다. 또 특정 주제별로 선별해 읽는 것도 가능하다. 질투, 이별, 우정, 장소와 자연의 묘사, 문학, 음악, 미술에 대한 비평, 시간에 대한 생각, 애도……. 틈틈이 몇 페이지씩 읽으면 전체의 거대한 흐름에 압도되어 미처 깊이 보지 못했던 주제와 마주하게 된다.

프루스트의 세계 속으로

이 책을 준비하며 프루스트가 가족, 문인, 예술가 들과 교환한 다양한 서신을 읽으면서 문학인이 되어가는 다감하고도 유약한 인간 프루스트의 면모를 살펴볼 수 있었다. 또 『잃어버린 시간을 찾아서』 외에 첫

소설과 사후 발견된 베르나르 드 팔루아가 소장한
미완성 원고들,『생트뵈브에 반하여』및 예술에 관한
다양한 글들을 살피면서 이 글들이 종국에는『잃어버린
시간을 찾아서』를 집대성하기 위한 밑 작업이었음을
깨닫게 되었다. 프루스트의 거의 모든 글쓰기는 그의
대표작을 향해 수렴한다. 주제, 분석, 문체 면에서
다른 글쓰기들은 습작처럼 준비의 과정으로 여겨진다.
동일한 내용을 가공하는 방식을 보면 그렇다. 이 책에서
의도적으로 유사한 주제의 문장들을 배치함으로써
프루스트가 되어가는 과정을 밝히고자 했다. 서간문은
거의 그의 질병과 불면을 다룬다고 해도 과언이 아닐
정도다. 늘 천식 같은 질병 때문에 괴롭고, 불면의 밤을
보냈고, 힘들어서 글을 쓸 수 없고, 그래서 답장도 못
했다는 표현이 정말 자주 등장한다.

또 동시대 시민으로서 프루스트는 용기 있게 본인의
의견을 피력하고 다른 문인들과 언쟁도 서슴지 않는다.
드레퓌스사건에서 에밀 졸라의 지지에 동참한 그는
겸손하면서도 일정한 방식으로 계속해서 목소리를
낸다. 시민으로서 그가 시대상이나 역사적 사실,
인물들에 대해 개인적으로 가지고 있던 생각들은

작품 속에도 반영된다. 등장인물의 도덕성, 출세 또는
사교계에 대한 집착, 인간적 저속함, 드레퓌스파인지
아닌지 등에 대해 희화적 또는 우회적으로 묘사한다.
어린 화자 마르셀에게 선망의 대상이었던 게르망트
공작 부부도 이런 관찰에서 자유롭지 못하다.
프루스트는 문인, 예술가로서 인류의 유산인
문화재와 예술작품을 비평하고 그 작품들의 대상을
알레고리화하여 『잃어버린 시간을 찾아서』의
주인공들과 상동관계를 구축하고 감정의 기류와 발전의
양상을 묘사하기도 한다. 나아가 이 책은 무엇보다도
예술의 탁월성에 대한 찬가이기도 하다. 유한한
존재인 인간이 창조해낸 예술작품은 그 아름다움으로
시공간적 초월성을 얻고 인간을 구원한다. 허구의
인물인 화가 엘스티르와 음악가 뱅퇴유로 대표되는
당시 예술작품 탐구는 사랑과 질투 같은 주요 주제뿐만
아니라 예술가들의 삶까지 조망함으로써 창조 이후의
허망함마저 느끼게 한다. 그것은 프루스트 자신에게도
해당된다.

감정과 정념의 인간 또한 프루스트 작품의 주요 연구
대상이다. 사랑, 우정, 질투, 연민 등에 대한 장문의

묘사와 분석은 추상적 감정을 구체화하고 생생하게
만드는 그의 대표적인 문장들이다. 오데트를 향한
스완의 질투, 알베르틴에 대한 화자의 질투 묘사는
관념적인 언어가 구체적인 감정을 구현하는 데에
극한까지 간 문장들이라 판단된다.

감각적인 인간의 오감, 실존 의식, 꿈, 역시 프루스트의
세계에서 중요한 역할을 한다. 과거나 시간, 기억을
위한 추론 과정에서 동원되는 이성과 논리는 오히려
잃어버린 시간을 찾기에 실패하지만 우연히 떠오른
느낌은 회상을 불러오고 감각을 되찾게 하여 과거를
되살린다. 잃어버린 시간을 다시 삶에 연결해주는
것이다. 직선적으로 발전해가는 시간관이 아닌
나선형의, 회귀하기도 하는 시간관을 제시했으며,
19세기부터 과학과 철학에 의해 정립된 의지와
이성의 인간 대신 감성과 감각을 통해서 유약하기에
역설적으로 인간적인 삶의 면모를 탐구했다. 브뤼헐의
그림이 드러내 보여주는 듯한 세밀한 인간사의 모든
것을 탐구하다 지친 그는 『잃어버린 시간을 찾아서』의
완간을 보지도 못하고 세상을 떠났지만 인간은 계속
사랑하고, 질투하고, 예술작품과 더불어 황홀해하고,
애도하며, 세상은 이렇게 계속된다. 결국 작가의 책무는

이런 삶을 번역해내는 것이다. 삶이 있어 문학이
이루어지고 문학은 삶을 되찾아준다.

2025년 2월

최미경

● 일러두기

1. 이 책은 마르셀 프루스트의 저작물과 편지들 가운데서 엄선한 문장을 엮은 것이다. 저
   작물과 편지의 목록은 다음 페이지에서 확인할 수 있다.

2. 외국 인명, 지명, 독음 등은 외래어표기법을 따르되 관용적인 표기와 동떨어진 경우 절
   충하여 실용적 표기를 따랐다.

3. 발췌문의 출전은 문장 말미에 표기해두었으며, 편지의 경우 작성한 날짜를 병기했다.

4. 본문 아래 적힌 주석은 모두 옮긴이 주다.

5. 국내에 소개된 작품명은 번역된 제목을 따랐고, 국내에 소개되지 않은 작품명은 제목
   을 우리말로 옮겨 적었다.

6. 책 제목은 『 』로, 편명은 「 」로, 잡지와 신문 등 매체명은 〈 〉로 묶었다.

이 책에 인용된 저작물과 편지들

『잃어버린 시간을 찾아서À la Recherche du Temps Perdu』전 7편

『쾌락과 나날Les Plaisirs et les Jours』

『독서에 관하여Sur la Lecture』

『모작과 잡록Pastiches et Mélanges』

『시평집Chroniques』

『프루스트 서한집Correspondance générale de Marcel Proust』

『장 상퇴유Jean Santeuil』

『생트뵈브에 반하여Contre Sainte-Beuve』

『예술에 관하여Ecrits sur l'Art』

『익명의 발신인Le Mystérieux Correspondant et Autres Nouvelles Inédites』

『75장의 원고와 다른 미출간 원고들Les Soixante-Quinze Feuillets et Autres

Manuscrits Inédits』

I

문학과 예술에 관하여

1   독서는 우정이다.
    『독서에 관하여』

2   진정한 삶, 마침내 발견되고 밝혀진 삶,
    결과적으로 충만하게 살아진 유일한 삶은 바로
    문학이다. 이 삶이야말로 예술가뿐만 아니라 모든
    인간에게 머무른다. 그러나 사람들은 그것을
    명확히 하려는 노력을 하지 않기 때문에 그 삶을
    보지 못한다. 그러다 보니 그들의 과거는 인화되지
    않은 채 오래되어 불필요한 사진 원본으로
    가득하다. 왜냐하면 지성이 그들을 인화해주지
    않았기 때문이다. 작가에게 문체는 화가의 색채와
    마찬가지로 기술적인 문제가 아니라 시각적인
    문제이므로 우리의 삶과 타인의 삶을 되찾아야
    한다. 직접적이고 의식적인 작업으로는 불가능한,
    세계가 우리에게 보여주는 다양한 방식에 대한
    질적 차이를 문체가 현상해주는 것이다. 예술이
    없다면 그것은 우리 모두에게 영원한 비밀로
    남아 있을 것이다. 예술을 통해서만 우리는
    스스로에게서 벗어나 타인이 보는 다른 세계를 볼
    수 있고, 달의 정경만큼 알려지지 않은 풍경을 볼

수 있다. 예술 덕분에 단 하나의 세계, 즉 우리의
세계만을 보는 대신 세계가 증대되는 것을 볼 수
있고, 독창적인 예술가의 수만큼 서로 다른 다양한
세계는 무한히 지속되며, 렘브란트나 페르메이르
같은 광원은 소멸한 지 수세기가 지나도 여전히
특별한 빛을 발산하고 있다.

「7편 되찾은 시간」『잃어버린 시간을 찾아서』

3   독서가 주는 흥분은 베네치아 산마르코 광장의
비현실적인 색채를 띤 유적들, 수세기를 거슬러
올라가는 산마르코대성당의 회색과 분홍색 화강암
기둥, 기둥머리의 날개 달린 사자와 악어를 밟고
있는 성 테오도르를 바라볼 때 느끼는 감동과
같다. 이 아름답고 늘씬한 두 조각상은 발아래
부서지는 바다를 건너 오리엔트에서 왔다.
주위에서 주고받는 말을 이해하지 못한 채 군중
속에서, 여전히 아득한 웃음을 지으며 광장에서
12세기의 나날들을 무심히 보내고 있다.

『독서에 관하여』

4   책은 대부분의 무덤에서 지워진 이름을 읽을 수

없는 거대한 묘지와 같다.

「7편 되찾은 시간」『잃어버린 시간을 찾아서』

5   우리는 작품을 미완으로 남겨둘 수밖에 없고
    우리의 사고는 후대 작가들에 의해 계승된다.

『장 상퇴유』

6   작가는 공세를 퍼붓듯 끊임없이 힘을 모으고,
    피로감을 견디고, 규칙처럼 수용하고, 교회처럼
    구축하고, 체제처럼 따르고, 장애물처럼 극복하고,
    우정처럼 성취하고, 아이에게처럼 과한 영양분을
    제공하고, 다른 세계에서만 설명이 가능하며 삶과
    예술에서 우리를 감동시키는 신비감을 빼놓지
    않고 세심하게 글을 써야 한다. 이 위대한 책은
    방대한 건축 도면의 규모 때문에 여러 부분이
    윤곽만 그려진 채 결코 완성되지 못할 것이다.
    얼마나 많은 대성당이 미완으로 남아 있는가. (…)
    그런데 여기에 한쪽을 더 추가함으로써 나는 내
    책을 구축하리라. 감히 성당처럼이라고 말하지는
    못하겠지만, 한 벌의 드레스처럼 시도해보련다.

「7편 되찾은 시간」『잃어버린 시간을 찾아서』

7   언어가 발명되고, 단어가 형성되고, 사고가
     분석되는 일이 없었다면 아마도 음악만이
     유일하게 영혼 간의 소통을 가능하게 했을 것이다.

「2편 꽃핀 소녀들의 그늘에서」『잃어버린 시간을 찾아서』

8   최근 저명한 비평가가 〈신 프랑스 평론La Nouvelle
     Revue Française〉에서 플로베르의 문체를 논하며
     그는 별로 재능 없는 작가라고 평가하는 것을
     읽고 경악을 금치 못했다는 사실을 고백한다.
     플로베르가 사용한 완료형 과거(단순 과거),
     미완료형 과거, 현재분사, 특정 대명사, 특정
     전치사의 용법은 칸트가 범주부터 외부 세계에
     대한 인식과 실재에 대한 이론을 통해 우리의
     사고방식을 혁신한 것과 마찬가지로 새롭고
     개인적인 것이었다.

『예술에 관하여』

9   책을 한 권 읽고 나면 등장인물, 보세앙 부인,
     프레데리크 모로와 계속 지내고 싶어진다.
     우리 내면의 목소리는 책을 읽는 내내 발자크,
     플로베르의 리듬을 따라가고 그들처럼 말하고

싶어 한다. 한동안은 그 목소리가 지속되게 하고
페달이 계속 그 소리를 내게 하고, 다시 말해
의도적인 모방을 해보고 그다음에 다시 본래
작품으로 돌아온다.

『예술에 관하여』

10 책은 가장 조용하고 가장 충실한 벗이며, 항상
곁에서 조언을 건네는 가장 인내심 있는 스승과
같다.

「2편 꽃핀 소녀들의 그늘에서」『잃어버린 시간을 찾아서』

11 뱅퇴유 소나타를 처음부터 끝까지 들었을 때조차
이 작품은 마치 멀리 있거나 안개에 가려 극히
일부만 알아볼 수 있는 어떤 유적처럼 나에게는
거의 보이지 않았다. 그런 작품을 알게 될 때
시간이라는 테두리 안에서 일어나는 모든 것과
마찬가지로 우리가 느끼는 멜랑콜리가 있지
않을까. (…) 이 소나타가 순차적으로 가져다준
모든 것을 좋아할 수밖에 없었기 때문에 나는
전체를 온전히 포착하지 못했고, 그것이 인생과
닮았다고 느꼈다. 그러나 인생처럼 실망스럽지는

않은 이 위대한 걸작들은 그들이 가진 최고의
것을 우리에게 주면서 작품을 시작하지 않는다.
뱅퇴유의 소나타에서 우리가 가장 먼저 발견하는
아름다움은 우리를 가장 빨리 질리게 하는
것이기도 한데, 우리가 이전부터 알고 있던
아름다움과 크게 다르지 않기 때문이다. 그러나
그 부분에서 멀어지면 우리는 새로운 구성으로
혼란을 느낄 뿐이어서 변별력을 잃게 되고
그대로 유지됐던 부분을 다시 좋아하게 된다.
그리고 우리가 무심코 매일 지나쳤던, 아름다움의
힘만으로 비가시적이며 미지의 존재였던 그
부분이 최종적으로 우리에게 다가온다.

「2편 꽃핀 소녀들의 그늘에서」『잃어버린 시간을 찾아서』

12   진정한 예술은 그 많은 선언으로 이루어지는 것이
아니라 오로지 침묵 속에서 완성된다.

「7편 되찾은 시간」『잃어버린 시간을 찾아서』

13   위대한 작가는 자신에게 양식이 된 밀알을
독자에게도 양식으로 주는 씨앗과 같은
존재입니다.

「앙드레 지드에게 보내는 편지(1914. 6. 11.)」『프루스트 서한집』

14　일군의 예술가들은 과거의 어떤 대가가 한
작품에 이미 형상화한 것이 자신이 그리고자
했던 작품이었음을 깨닫기도 했다. 그래서 그들은
과거의 예술가를 선구자로 생각하고, 완전히 다른
형태로 구현된 작품에서 순간적이고 부분적인
우애의 노력을 본다. 푸생의 작품 속에는 터너의
일부가 있고, 몽테스키외의 작품에는 플로베르의
문장이 있다.

「4편 소돔과 고모라」『잃어버린 시간을 찾아서』

15　어느 날 아침 장은 심혈을 기울여 빅토르 위고의
『관조 시집』을 읽고 시에서 삶과 죽음, 영혼의
비밀을 구하였다.

『장 상퇴유』

16　쇼팽이 유명한 작품 〈빗방울 전주곡〉에서
창문으로 떨어지는 빗소리, 유약하고 소중한
물질, 가늘고 차가운 향기를 한없이 늘어놓았다고
말하지는 않겠다. 병약하고 예민하며 이기적이고

댄디였던 위대한 예술가 쇼팽은 자신의 음악에서
끊임없이 변화하는 긴밀한 배치의 연속적이고
대조적인 측면을 일시적으로 부드럽게 전개하고,
그것을 멈추거나 충돌하거나 병치하지 않고
온화하게 진행한다. 또 완전히 대비되지만 여전히
병적으로 내밀한 악센트와 강렬한 동작 속에서
자신을 향해 움츠린, 항상 감성적이지만 마음에서
우러나지는 않은 격렬한 충동, 결코 이완되지 않는
부드러움, 자신과 슈만이 아닌 다른 무엇과의
융합을 표현한다.

『예술에 관하여』

17   예술만이 가장 하찮은 것에 매력과 신비를
부여하지는 않는다. 우리를 하찮은 것과 내밀하게
연결해주는 힘은 고통에도 부여된다.

「6편 사라진 알베르틴」『잃어버린 시간을 찾아서』

18   문학은 인류의 언어로, 국경과 시대를 넘어
소통하게 해준다.

「1편 스완네 집 쪽으로」『잃어버린 시간을 찾아서』

19 우리가 보통 명성이라고 일컫는 것은 작품의
    명성이다. 작품(간단히 말하면 동시대를 위해, 동시에
    미래 사람들이 더 나은 애호가가 되게 하여 다른 천재적
    예술가가 그 혜택을 보게 하는 작품) 스스로 명성을
    만들어내야 한다. 만약 한 작품이 동시대에는 잘
    알려지지 않고 후대에만 명성을 얻게 된다면 이
    작품의 후대는 단지 50년 후에 살게 될 사람들의
    집합일 뿐이다. 따라서 자신의 작품이 계속
    존재하길 바란다면 예술가는 (바로 뱅퇴유가 겪은
    것처럼) 작품을 충분히 깊숙한 곳에서 완전하고
    먼 미래로 띄워야 한다. 이 미래의 시간, 걸작의
    진정한 전망을 위해 잘못된 평가는 무시해야
    하며, 때로는 올바른 평가자들의 지나친 신중함도
    고려해야 한다.

「2편 꽃핀 소녀들의 그늘에서」『잃어버린 시간을 찾아서』

20 예술에는 진보나 발견이 없고 그런 현상은
    과학에서나 가능할 뿐이며, 각 예술가가 새로움을
    위해 개인적인 노력을 시작하는 것은 다른 사람의
    노력으로 도움받거나 방해받을 수 없음에도
    불구하고, 예술이 특정 법칙을 드러내는 한, 어떤

산업이 그것을 대중화하면 이전 예술은 소급하여
독창성을 잃는다는 점을 인정해야 한다.

「2편 꽃핀 소녀들의 그늘에서」『잃어버린 시간을 찾아서』

21 레날도 안의 〈묘지〉 첫 음을 듣자마자 가장
    경박하고 가장 반항적인 청중들이 길들여진다.
    슈만 이후에 자연 앞에서 느끼는 고통, 사랑,
    안도감을 이보다 더 인간적으로, 절대적인
    아름다움으로 그려낸 음악은 없었다. 음
    하나하나가 울림이고 외침이다!

    『시평집』

22 플로베르의 끝없는 반과거 시제는 부분적으로
    인물의 대화를 구성하고, 일반적으로 간접화법
    안에서 사용되어 다른 부분과 조화를 이룬다.
    이전까지 문학에 없었던 이 반과거 시제는
    이삿짐을 싸느라 거의 빈 예전 집, 새집으로의
    도착, 위치가 바뀐 램프처럼 사물과 존재의 양상을
    완전히 바꾸어놓는다. 플로베르의 문체는 습관의
    단절과 배경의 비현실성으로 구성된 슬픔을
    주고, 이런 이유만으로도 그의 문체는 매우

새롭다. 이 반과거 시제는 단순히 등장인물들의
대화를 전달할 뿐만 아니라 그들의 삶 전체를
나타낸다. 『감정 교육』은 말하자면 등장인물들이
적극적인 행위 없이 이야기하는 일생에 대한 긴
보고서이다. 때때로 단순 과거 시제가 반과거
시제를 중단시키기도 하지만, 결국에는 반과거와
마찬가지로 끝없이 지속된다.

『예술에 관하여』

23 인생 최고의 진리는 예술 안에 있다.

「7편 되찾은 시간」『잃어버린 시간을 찾아서』

24 스완은 한순간에 높이 떠오르는 소절을 분명히
구분할 수 있었다. 그 멜로디를 듣기 전까지는
전혀 느껴본 적 없는 특별한 환희가 즉각적으로
느껴졌고, 그 무엇도 다시 그런 느낌을 줄 것 같지
않았으며, 미처 알지 못했던 새로운 사랑을 발견한
것과 같은 기분이었다.
음악은 느린 리듬으로 그를 여기로, 저기로,
고귀하며 이해할 수 없지만 정확한 행복으로
이끌었다. 멜로디가 도달한 곳, 스완이 음악을

따라갈 준비를 하던 그곳에서 음악은 잠시 멈춘
후 갑자기 방향을 바꾸어 빠르고 간결하고 우수
어리며 끊임없이 부드러운 움직임으로 그를 알 수
없는 곳으로 인도했다. 그리고 멜로디는 사라졌다.
스완은 다시 한번 멜로디를 듣게 되기를 기대했다.
결국 한 번 더 등장한 소절은 이전보다 덜
명쾌하고 덜 감동적이었다. 그런데 집에 돌아가니
그 소절이 다시 떠올랐다. 마치 지나가다 마주친,
이름도 모른 채 사랑하게 되었지만 다시 볼 수
있을지 불투명한 여인의 이미지가 그의 감수성에
새로운 의미를 부여한 것 같았다.
여하튼 음악의 한 소절에 대한 이런 사랑도 그에게
젊음을 일깨워주는 것처럼 보였다.

「1편 스완네 집 쪽으로」『잃어버린 시간을 찾아서』

25 문체는 작가가 현실을 변형하는 방식을 드러내는
표지이다.

『생트뵈브에 반하여』

26 이 모든 고대적인 요소들은 나로 하여금 성당이
도시의 나머지 건축물과 완전히 다른 것이라고

단정 짓게 했다. 성당은 4차원적인 공간을
차지하는 구축물이며, 4차원은 바로 시간의 차원이
될 것이다. 수세기 동안 군함처럼 이쪽 제실에서
저쪽 제실로, 기둥에서 기둥으로 몇 미터를
펼쳐가며 그 세월을 견디면서 의기양양하게
존재하기 때문이다.

『시평집』

27 「스완네 집 쪽으로」에 대해 몇몇 사람들, 심지어
문학적 교양이 있는 사람들조차 정밀하고 감춰진
작품의 구조를 알지 못하고, (…) 나의 소설이
일종의 추억에 대한 기록이며, 우연과 다양한
사고의 조합으로 구성되었다고 믿었다. 이렇게
사실과 다른 생각을 뒷받침하기 위해 그들은
허브티에 적신 마들렌 일화를 상기시키며(적어도
'나'라고 말하는 화자에게 상기시키며) 1부에서 잊고
있던 내 삶의 시간을 환기한다. 그러나 무의식적인
추억의 가치는 말할 것도 없고 아직 출판되지 않은
마지막 권을 보면 구성적인 관점만 하더라도 나의
예술 이론 전체가 설명되어 있는데, 나는 단지 한
장면에서 다른 장면으로 이동하기 위해 하나의

사실을 활용하는 것이 아니라 연결 고리로써
무엇보다 순수하고 소중하다고 생각한 기억의
현상을 활용했다.

『시평집』

28 책을 읽는 것은 한 장소에 머물며 여행하는 것과
같다.

「2편 꽃핀 소녀들의 그늘에서」『잃어버린 시간을 찾아서』

29 친애하는 벗이여,
보들레르와 비니가 무명작가를 위해 한 페이지의
멋진 글을 썼을 때 그 사람이 느꼈을 기쁨과
슬픔을 생각하며 이 글을 쓰네. 우리가 이름도
모르는 무명작가가 위대한 작가에게 영감을
주었다는 사실에 놀라는 것처럼, 어느 날 "영원의
흑빙(뤼시앵 도데가 쓴 표현)"이 오기 전에 그대의
마음이 얼마나 고귀한지를 보여주는 것은 이
글뿐일 듯하네.

「레옹 도데가 『잃어버린 시간을 찾아서』 1편 출간 당시
〈르 피가로〉에 쓴 편지(1913. 11. 19.)」

30   음악은 우리가 결코 경험해본 적 없는 감정들의
     기억이다.

「7편 되찾은 시간」『잃어버린 시간을 찾아서』

31   게르망트가에서 환대를 받고 와인에 약간 취해
     돌아오면서 나도 모르게 조용히 혼잣말을 했다.
     "그래도 참 상냥한 사람들이니 같이 교제하면서
     지내면 좋을 거야." 위대한 작가는 인생에 가장
     필수적인 책, 유일하게 진실된 책을 쓰기 위해
     무언가를 창조하기보다 각자의 안에 존재하는
     것을 번역하면 된다. 작가의 책무는 번역가의
     책무와 같다.

「7편 되찾은 시간」『잃어버린 시간을 찾아서』

32   예술작품의 영성을 판단하는 유일한 기준은
     재능이다. 재능만이 독창성의 기준이고, 독창성은
     진정성의 기준이며, (글을 쓰는 자의) 즐거움은
     재능의 진정성을 판단하는 기준일 것이다.

『생트뵈브에 반하여』

33   새로운 요양병원은 전에 머물던 요양병원처럼

나를 더 낫게 해주진 못했지만, 그곳에서 여러
해를 보냈다. 기차를 타고 파리로 돌아오는 동안,
오래전 게르망트가를 왕래하면서 발견했다고
느꼈던 나의 문학적 재능이 부족해졌다는 생각이
들었다. 탕송빌에서 밤늦게까지 저녁 식사를 하기
전에 질베르트와 매일 함께 산책을 하면서 그
사실을 더욱 슬프게 인식했다. 이곳을 떠나기 전날
밤, 공쿠르형제의 일기를 몇 페이지 읽으며 문학의
허영심과 거짓, 덜 고통스럽고 더 침울한 생각을
떠올렸다. 나의 특별한 병약함 때문이 아니라
내가 믿었던 이상의 부재에서 기인한 슬픔은
한동안 마음속에 존재하지 않다가 새삼, 이전보다
훨씬 통탄할 만한 힘으로 내 마음을 강타했다.
시골의 한 기차역이었던 것으로 기억한다. 태양이
기찻길을 따라 늘어선 나무줄기를 반쯤 비추고
있었다. "나무들아, 나에게 더 이상 할 말이 없니.
내 차가워진 가슴은 너희의 말을 듣지 못하는
구나. 내가 돌아왔는데, 여기 자연의 한가운데로
돌아왔는데 태양빛을 받아 빛나는 나뭇가지와
어둠 속에 남겨진 밑줄기가 분리되는 것을
냉정하고 감흥 없는 눈으로 본다. 감히 내가

시인이라고 믿었으나 이제는 그렇지 않다는
것을 알겠다. 이렇게 말라버린 나의 새로운 삶,
이제 시작하는 이 삶 속에서 자연은 더 이상
아무런 감동도 주지 못하는데, 인간이 영감을
줄 수 있을까. 하지만 내가 자연을 노래할 수
있었던 시절은 다시 오지 않으리라." 그러나
자연에서 얻지 못할 영감을 이제부터 인간 사회를
관찰하면서 얻을 수도 있을 것이라는 위안은 그저
위안일 뿐, 별 의미 없음을 알고 있었다. 만약
내가 정말로 예술가의 영혼을 지녔다면 석양이
비치는 나무 장막 앞에서, 마차 발판까지 고개를
내민 경사 길의 작은 꽃들 앞에서 어찌 기쁨을
느끼지 않겠는가. 나는 수많은 훌륭한 문인처럼
꽃잎을 세어보거나 색깔을 묘사하지 않도록
조심할 것이다. 내가 느끼지 못한 기쁨을 독자에게
전달하기를 바랄 수 있을까?

「7편 되찾은 시간」『잃어버린 시간을 찾아서』

34 '읽기 lire'와 '살기 vivre'의 차이는 글자 하나뿐이다.

『독서에 관하여』

35 오늘날 문화적 취향을 지닌 사회주의자 가운데
프랑스혁명 당시 수많은 우리의 성당, 조각상,
스테인드글라스 창문을 파괴한 행위를 비난하지
않는 사람은 없다. 그런데 성당을 파괴하는 것이
출입하지 않는 것보다 오히려 낫다고 생각한다.
아무리 성당이 파괴되어도 미사가 거행되는 한
최소한의 종교적 삶은 유지되기 때문이다. 성당이
아예 폐쇄되는 순간 성당은 죽은 것이며, 추악한
용도로 문화재로서 보호된다고 해도 박물관에
지나지 않는다.

『시평집』

36 위대한 예술의 창시자들, 적어도 19세기 작가들에
대해 미술비평가들은 과거 예술과의 연관성을
지적했으나 대중은 그들을 저속하다고 생각했다.
당장 내일이라도 매장될 마네, 르누아르,
플로베르는 창시자가 아니라 벨라스케스,
고야, 부셰, 프라고나르, 루벤스 심지어 고대
그리스의 예술을 계승했으며, 보쉬에와 볼테르의
후손이라고 주장하면서 그들의 동시대인들과
약간 공통점이 있다고 생각한다. 그런데 그들의

문학작품과 미술작품 세계를 보고 어떻게
'공통점'이라는 표현이 가능했을까 싶다.
『예술에 관하여』

37 음악만으로도 다른 존재들과의 거리를 좁히고
고독의 빈자리를 채울 수 있다.
「7편 되찾은 시간」『잃어버린 시간을 찾아서』

38 작가와 시인이 형이상학자만큼 사물의 현상에
대해 깊이 이해할 수 있다면 그것은 다른 길을
통해서이며, 추론은 이해를 강화하기는커녕
오히려 감정의 충동을 마비시킨다는 사실을
잊고 있다. 오직 그 감정만이 그들 스스로 세상의
심연으로 인도한다.『맥베스』는 철학적 방법이
아닌 일종의 직관적 힘에 의한 철학작품이다.
『시평집』

39 좋아하는 책과 함께 지낸 어린 시절을 그냥
흘려보낸 시간이라 생각했지만, 사실은 가장
충만하게 살았던 순간이었을 것이다. (…) 독서는
우리에게 너무도 달콤한 기억을 남겨서 오래전

읽었던 책들을 펼쳐보면 사라진 나날의 달력이나
이제는 더 이상 존재하지 않는 집과 연못을 책 한
장 한 장에 비춰 보는 듯하다.
나처럼 어린 시절 방학 동안 평화로운 성역에서
온종일 숨죽여 책 읽는 시간을 보내지 않았던
사람은 없을 것이다.

『독서에 관하여』

40 생트뵈브의 비평에는 심오함이 결여되어 있다.
이폴리트 텐과 폴 부르제 등에 따르면 19세기
비평에서 비교 대상이 없던 그의 유명한 비평
방식, 즉 작가와 작품을 분리하지 않는 방식은
『순수 지리 개론』 같은 글이 아닌 다음에야 작가와
작품은 무관할 수 없고, 작품과 상관없어 보이는
여러 질문들(작가의 행동 등에 관한)에 답하고,
작가에 대한 정보를 모으고, 서간문을 수집하고,
작가와 생전에 교류했던 사람들에게 질문하고,
그들이 살아 있으면 만나고, 이미 사망했다면
그들이 작가에 대해 쓴 글을 읽고 연구하는 것으로
우리 내면과의 교류가 우리에게 알려줄 수 있는
요소들을 깊이 있게 다루지 못한다. 책은 우리의

습관, 사회, 악습에서 나타나는 것과는 또 다른
자아의 산물이다.

『생트뵈브에 반하여』

41   시인이나 철학자는 허영이라는 단점을 가지고
있어서 허영이 자극되는 장소에서는 그저
세속적인 사람에 불과하다.

『장 상퇴유』

42   쇼팽, 탄식, 눈물, 울음의 바다
나비가 쉬지 않고 바다를 건넌다.
슬프게 연주하고 물결 위로 춤추며
꿈꾸고, 사랑하고, 고통스러워하고, 소리치고,
평온해지고, 매혹하거나 다독인다.

『예술에 관하여』

43   언어와 사상을 분리할 수 있다고 하는데, 철학이
특수한 용어가 있는 언어를 사용한다면 시는 그럴
수 없다. 시인에게 단어는 순수한 기호가 아니다.
상징주의자들은 의심의 여지 없이 각 단어가
형태와 조화를 이루는 근원적 매력이나 과거의

위대함을 간직하고 있으며 우리의 상상력과
감수성이 적어도 단어의 뜻 못지않게 중요한
환기력을 지녔다는 사실에 가장 먼저 동의할
것이다. 관습적인 외국어가 아닌, 모국어와
우리 감수성 사이의 신비한 친화력은 잠재적인
음악을 이루어 시인들이 우리에게 비교 불가능한
부드러움을 선사하게 해준다.

『시평집』

44 성당은 단지 아름다움을 감상하는 대상이 아니다.
따라야 할 교훈도 아니고 이해해야 할 책도
아니다. 고딕양식의 대성당, 특히 아미앵대성당은
성경 그 자체이다.

『모작과 잡록』

45 조심스럽게 나의 책에 관해 이야기하자면, 독자를
생각하면서 책을 쓴다는 말은 맞지 않을 것이다.
왜냐하면 내 책의 독자들은 사실 그들 자신의
독자일 것이고, 내 책은 콩브레의 안경점에서
구입할 수 있는 돋보기처럼 그들 자신의 삶을 읽을
수 있는 도구를 제공하는 것이기 때문이다. 그래서

나는 독자들에게 나를 칭찬하거나 비난하라고
요구하기보다 자기 내면에서 읽은 단어들이 내가
쓴 것과 일치하는지 이야기해달라고 부탁할
뿐이다.

「7편 되찾은 시간」『잃어버린 시간을 찾아서』

46 학문으로서는 가볍고 쾌락이라기엔 고상한 시는
한가로운 순간을 위한 섬세한 꽃으로 여겨졌다.

『장 상퇴유』

47 종종 긍정적인 지성이 유일하게 스완을 지배할 때,
그는 오데트와의 환상적인 쾌락을 위해 너무 많은
지적이고 사회적인 관계를 희생하는 일을 멈추고
싶었다. 그러나 스완은 뱅퇴유 소나타의 짧은
소절을 듣자마자 오데트를 위한 공간을 언제든
마음속에 마련할 수 있게 되었고, 그로 인해 그의
영혼은 상당 부분 변화를 겪었다. 이 소절은 그
어떤 외부 요소와도 관련이 없고 사랑처럼 극히
개별적인 것임에도 실질적인 무엇보다 더 실체가
있는 것처럼 스완을 압도했다.

「1편 스완네 집 쪽으로」『잃어버린 시간을 찾아서』

48   플로베르의 독특한 문법 활용 방식은 새로운
세계관을 제시하고, 의식 안의 무의식을 보여주고,
담화의 다양한 부분이 정교하게 활용되도록
한다! 그러나 플로베르 같은 대가가 서신에서
쓰는 문체는 놀라울 정도로 평범하다. 글을 쓸 줄
모르는 위대한 작가들은 (데생에 능하지 않은 위대한
화가들처럼) 사실 그들이 창조하는 새로운 시각과
적절한 표현을 고르기 위해 타고난 '기교'와
'능란함'을 포기하는 것이다. (…) 플로베르의
문체와 변형된 문장구조의 확고한 독창성을 보면
천재라는 데에 이론의 여지가 없으니 한 가지
독창성에 주목해보자. 예를 들면 부사로 문장, 한
부분, 아니 소설을 끝맺는 방식이다(「헤로디아」의
마지막 문장은 "그들은 무거운 '성 요한의 머리'를 들고
갔다, 교대로"이다). (…) 게다가 플로베르는 부사와
부사구를 마치 작은 틈을 메우기 위해 압축된
문장을 쌓아 올리듯 가장 추하고, 가장 예상치
못하고, 가장 번거로운 방식으로 배치했다.

『예술에 관하여』

49   내가 이제부터 보게 될 예술작품들이 얼마나

중요한 가치를 부여받았는지 생각하면서
베네치아는 '조르조네 학파, 티치아노의 거처,
중세 시대의 가장 완벽한 국내 건축 미술관'이라고
되풀이하며 행복을 느꼈다. 며칠간 봄이 일찍
온 줄 알았는데 다시 겨울이 된 날씨 때문에,
무언가를 사러 나왔다가 서둘러 걸으면서 더욱
행복하다고 생각했다.

「1편 스완네 집 쪽으로」『잃어버린 시간을 찾아서』

50   책은 항상 우리를 위로하고 즐겁게 해주는
고갈되지 않는 동반자이다.

「7편 되찾은 시간」『잃어버린 시간을 찾아서』

51   내가 〈르 피가로〉에 기사를 쓸 때 생각했던
조화롭고 투명한 시각에 비해, 실제 내 글은
빈약하고 복잡하고 혼탁하고 채우지 못한 허점이
너무 많아 읽기가 힘들었다. 그 기고문들을
읽으면서 나의 무능과 치유 불가한 재능 부족을
통탄했다.

『시평집』

52   샤를뤼스 남작은 먼저 악기들이 만들어내는
음향의 물리적 특성을 맛보았다. 그리고
바이올린의 가늘면서도 강하고, 그윽하면서도
주도적인 선율 아래 갑자기 피아노의 묵직하고,
다형적이고, 분리할 수 없고, 선회하며 부딪히는
달빛처럼 매혹적인 반음 소리가 물결이 찰랑이듯
튀어오르는 것을 들었을 때 큰 즐거움을 느꼈다.
그러나 샤를뤼스 남작은 어느 순간 그 윤곽을
명확히 알 수 없게 되었고 문득 그를 매혹시킨
그것에 이름을 붙이지 못한 채 음악의 소절 또는
가락을 기억하고자 했다.

「5편 갇힌 여인」『잃어버린 시간을 찾아서』

53   소설 쓰기에서 내가 중요하게 생각한 것은
주인공들이 말하는 내용이 아니라 말하는
방식이었다. 말하는 방식은 인물의 성격과
우스꽝스러움을 드러내는 단서이기 때문이다.
말하는 방식은 특히 내가 글을 쓸 때 탐구의
목표였고, 나에게 특별한 즐거움을 주었다.

「7편 되찾은 시간」『잃어버린 시간을 찾아서』

54　모든 진정한 예술은 고전이라고 생각하지만,
　　　정신의 법칙은 그 예술이 나타난 직후 그렇게
　　　인정하지 않는다. 그런 점에서 예술은 삶과
　　　공통점을 갖는다. (…) 가치 있는 혁신가들은 그
　　　분야의 엄격한 내부 규칙을 적용받아 언젠가는
　　　고전이 되며, 의심할 여지 없는 구축자들이다. (…)
　　　단지 그들의 구축물이 새롭기 때문에 오랫동안
　　　우리가 알아보지 못하는 것뿐이다. (…) 다시 말해
　　　내 생각에 낭만주의자, 사실주의자, 데카당으로
　　　알려진 위대한 예술가들은 이해받기 전까지는
　　　고전 예술가들이다.

　　　『예술에 관하여』

55　말의 힘이 멈추는 곳에서 음악이 시작된다.

　　　「7편 되찾은 시간」『잃어버린 시간을 찾아서』

56　라퐁텐의 우화나 몰리에르의 희곡작품을 보면
　　　어떤 대상에 절대적인 아름다움을 부여하는
　　　것은 작품의 심오함이나 빼어나 보이는 덕목이
　　　아닌 듯합니다. 그것은 일종의 혼합이자 투명한
　　　통일성으로, 모든 사물이 본래의 모습을 잃고

특정한 질서 속에 서로 배치되며 동일한 빛의
침투를 받아 단 하나의 단어도 외부에 남지 않고
동화에 저항하는 것 아닐까 생각했는데, 이것을
어떻게 설명해야 할지 모르겠습니다.

「안나 드 노아유 백작 부인에게 보낸 편지(1908. 5. 28.)」
『프루스트 서한집』

57   음악은 진정한 시이며, 형언할 수 없는 것을
표현하고 미지의 세계로 안내한다.

「1편 스완네 집 쪽으로」『잃어버린 시간을 찾아서』

58   작가가 한순간에 사라질 수 있는 지적 비밀을
위탁받은 사람이라고 생각하지 않는다.
요한복음에 나오는 "아직 해가 있을 때 일하라"는
예수그리스도의 계율에 따라 과거의 게으름으로
인한 관성에서 벗어나고자 한다. 생트뵈브에 대해
쓰면서 생트뵈브의 됨됨이보다는 어쩌면 그에게
더 중요한 것들, 특히 작가이자 비평가로서의
오류를 지적하면서 비평가는 어떤 사람이어야
하는지, 예술이란 무엇인지 등 내가 오랫동안
생각해온 것에 관해 이야기할 수 있을 것 같다.

『생트뵈브에 반하여』

59 성 쥘리앵을 지탱해주던 사람이 예수가 되는 순간,
그 형언할 수 없는 순간은 이렇게 묘사된다. "그의
눈은 별빛을 띠었고, 그의 머리카락은 햇살처럼
내려왔으며, 그의 숨결은 장미처럼 부드러웠다."
이 묘사에는 발자크나 르낭처럼 부족하거나
불편하거나 충격적이거나 우스꽝스러운 부분이
없다. 플로베르가 아니라『감정 교육』의 단순한
프레데리크 모로라도 이를 발견할 수 있었을
것이다.

『예술에 관하여』

60 우리의 재능으로 적게 될 아름다운 이야기들은
정확하게 기억하지 못하고 흥얼거리거나 얼마나
긴 노래인지, 휴지기가 있는지, 빠른 음표가
있는지 모르는 노래처럼 우리 안에 머물고 있다.
사람들이 경험한 적 없는 모호한 진리의 기억을
항상 간직한 작가는 재능 있는 작가이다. 그러나
그가 달콤한 멜로디만 이야기하는 데 그친다면
다른 사람에게 아무것도 보여주지 못할 것이고,

결과적으로 그는 재능이 부족한 사람이다. 재능은
일종의 기억력과 같아서 이 모호한 음악을 더
명확하게 듣고, 기록하고, 재현하고, 노래할 수
있게 만든다. 기억력과 함께 재능이 줄어드는
나이가 도래하면 내면의 음악이 내부와 외부의
추억에 접근하는 힘이 떨어진다. 때로는 경험이
부족하거나 너무 일찍 자만해서 재능이 부족한
상태가 평생 지속되는 경우도 있다. 그 누구도,
작가 자신조차 포착하기 어렵고 감미로운
리듬으로 맴도는 이 노래를 잘 알지 못한다.

『장 상퇴유』

61   내 독서 방식을 곰곰이 생각해보면 나는
비평가들보다는 게르망트 공작과 비슷한 듯하다.
나에게 문학작품은 여전히 살아 있는 것이고
첫 문장을 통해 그 세계로 들어가면 문장들에
존경심을 갖게 되며 선호나 비판 없이 읽는
동안만큼은 그가 옳다고 믿는다.

『생트뵈브에 반하여』

62   참된 예술의 현실은 내면적이라고 알려진 인상,

심지어 경박하거나 세속적인 인상일 수도 있으며
일정한 깊이가 있고 외형적인 표현에서 자유롭기
때문에 나는 사랑뿐만 아니라 고귀한 사상을
다루는 고차원적 예술과, 일반인보다는 전문가나
성인聖人의 심리를 분석하는 부도덕하고 무익한
예술을 구분하지 않는다. 게다가 등장인물들의
성격과 열정과 사고에는 차이가 없다. 성격도
동일하고 폐와 골격도 동일하며, 그것은 대표적인
혈액순환의 규칙을 설명하는 생리학자가 해당
장기가 예술가의 것인지 상인의 것인지 구분하지
않는 것과 같다. 만약 우리가 외형적인 요소의
영향을 무력화하고 삶의 깊이를 다루는 진정한
예술가의 작품을 대하게 된다면, 우리는 더
광범위한 문제를 다루는 작품에 관심을 기울이게
될 것이다. 그러기 위해서는 무엇보다 깊이가
있어야 하며, 예술작품이 창작될 수 있는 삶의
정신적 영역에 도달해야 한다. 우리가 한 작가의
작품을 읽을 때, 페이지마다 어떤 상황에 놓인
주인공 곁에서 작가가 깊이 있게 탐구하거나
되뇌어보지 않고 상투적인 표현들과 타인의(최악의
타인의) 문장들을 사용하여 우리가 작품에서

다루는 무언가를 발견하지 못하게 하고, 나아가
생각을 통해 단어를 선택하고 그것이 완전히
반영되는 깊은 곳까지 내려가지 않으면 그
저속한 작가는 자신의 사고로 세상을 보지 못한
채 인생에서 매 순간 진실을 가리는 거친 외형과
지속된 무지에 만족할 것이다. 그래서 그의 작품이
페이지마다 지나치게 기교적이고, 부도덕하며
물질주의적인 예술을 약화시키려고 했더라도
오히려 그 자체로 훨씬 더 물질주의적이라고
할 수 있다. 본래 작가는 심연에 무엇이 있는지
보려고 노력하면서 단어나 문장의 선택 또는
절대적으로 선택이 불필요한 방식으로 자신이
본 이미지의 상투적인 것, 어떤 상황의 깊이
있는 분석의 부재를 멀리하고자 한다. 정신적인
영역에 도달하지 않고 의심할 여지 없는 재능으로
물질적인 묘사만을 하는 작가가 다른 예술은
대중예술이 아니라 소수를 위한 예술이라고
말할지라도, 우리는 대중예술이라고 생각할
것이다. 왜냐하면 모든 사람을 위해 쓰는 것은 그
누구에 대해서도 생각하지 않고 쓰는 것, 자신
안에 있는 가장 본질적이고 심오한 것을 적는

일이기 때문이다.

『생트뵈브에 반하여』

63 그가 곧 진정 필요로 하게 된 뱅퇴유 소나타가
주는 기쁨은 달콤한 향을 맡을 때나 우리가
만들어지지 않은 세계와 접촉할 때 느끼는 기쁨과
비슷했다. 그 세계는 우리 눈이 미처 인식하지
못하기 때문에 형체가 없고, 우리의 지성을
벗어나기 때문에 의미가 없으며, 단 하나의 감각을
통해서만 도달할 수 있다.

「1편 스완네 집 쪽으로」『잃어버린 시간을 찾아서』

64 예술가는 자신의 뛰어난 생각을 작품에 직접
표현할 필요가 없다. 신에 대한 가장 훌륭한
찬사는 창조주가 없다고 생각하는 무신론자가
자신의 생각을 부정하는 것이다.

「3편 게르망트 쪽」『잃어버린 시간을 찾아서』

65 음악은 그 어떤 지혜나 철학보다 더 고귀한
총체이다.

「1편 스완네 집 쪽으로」『잃어버린 시간을 찾아서』

66 누군가를 소유하는 사람은 상대의 시혼詩魂을 보지
못한다. 시는 멀리서만 빛을 발하기 때문이다.
작은 시적 빛을 보는 능력이 있는 사람은 인생이
얼마나 실망스러운지도 보게 된다. 우리가 알고
싶었던 사람들을 생각하면, 우리가 만나고자
노력했으나 그 순간 사라져버린 멋진 사람이
있었다는 사실을 인정할 수밖에 없다. 그의 얼굴을
전혀 모르는 사람의 초상화처럼 보던 때가 있었고,
그사이 친구가 된 X와 애초의 그는 아무런 관계도
없어 보인다. 우리가 그 사람을 알게 된 순간부터
그 얼굴이 사라지는 것이다.

『생트뵈브에 반하여』

67 소설가들은 예언적인 정확성을 가지고 그들의
후대에도 오랫동안 지속될 사회와 등장인물들에
대해 아주 세세한 부분까지 그려낸 것 같다.

『시평집』

68 가끔 플로베르의 서신에서 저속해 보이는 면모를
발견한다. 그러나 플로베르는 작가의 삶의 목표가
작품에 있으며 나머지는 "묘사를 위한 환상에

사용하기 위해" 존재한다는 것을 이해하기 때문에
실제로는 저속하지 않다. 반면에 발자크는 삶의
성취와 문학적 성취를 같은 선상에 두었다. 그는
"내가『인간 희극』으로 저명해지지 않는다면,
나는 이 혼인(한스카 백작 부인과의 결혼)으로 성공할
거야"라고 여동생에게 썼다.
하지만 바로 이 저속함이 그의 묘사가 지닌 힘이
될 수도 있다.

『생트뵈브에 반하여』

69 뱅퇴유 소나타의 그 소절은 스완에게 미지의
매력에 대한 갈증을 불러일으켰으나, 그를
충족시키기 위한 어떤 구체적인 것도 제공해주지
못했다. 그러다 보니 그 소절은 스완의 영혼에서
물질적 이익에 대한 관심, 모두에게 유효한
인간적인 배려를 지워버렸고, 그는 백지로 남은
빈자리에 자유롭게 오데트의 이름을 새길 수
있었다.

「1편 스완네 집 쪽으로」『잃어버린 시간을 찾아서』

70 문체야말로 현실에 대한 작가의 생각을 변형하는

방식으로, 발자크에게는 고유한 의미의 문체라는
것이 아예 없다. 생트뵈브는 이에 대해 하나부터
열까지 모두 틀렸다. (…) 예를 들어, 플로베르의
문체에서는 현실의 모든 부분이 일률적인 반사에
의해 거대한 표면의 단일한 실체로 변환된다.
그 어떤 불순물도 남아 있지 않다. 표현은 다시
반사한다. 모든 동일한 실체가 손상 없이 반사되어
그려진다. 다른 것은 모두 변환되어 흡수된다.
반대로 발자크의 작품에서는 소화되지 않고
변환되지 않은 것들이 공존하며, 문체를 구성하게
되는 요소들은 존재하지 않는다. 그의 문체는
암시하지도 반영하지도 않고 그저 설명한다. 가장
주목할 만하지만 다른 부분들과 융합되지 않은
이미지들을 통해 어떤 이야기를 하고자 하는지를,
걸출한 대화에서나 가능한 방식으로, 전체의
조화를 고려하지도 관여하지도 않으면서 그저
설명한다.

『예술에 관하여』

71 아마도 방금 말한 슈만의 〈어린이 정경〉 때문에
발코니에 내려앉은 햇살을 다시 생각하게 된

것 같다. 그 햇살 속에 작품의 영혼, 어딘가
환상적이고 멜랑콜리하며 애틋한 슈만의 멜로디가
스며들었다.

『시평집』

72 예술작품이야말로 잃어버린 시간을 되찾는 유일한
방법이라는 새로운 깨달음을 얻었다. 그리고
문학작품의 소재는 나의 지나간 삶이라는 사실을
깨달았다. 그 소재들은 경박한 쾌락의 순간에,
게으른 순간에, 사랑과 고통의 순간에 있었고,
나는 그들의 향방은 물론 생존 자체를 의식하지
못했는데, 마치 지구 전체를 먹여 살릴 곡식이 한
알의 밀알에서 시작되듯 저장되어 있던 것이다.
내가 죽고 난 후 밀알에서 줄기가 솟아나듯
나는 알지 못한 채 밀알처럼 살아 있었고, 내가
쓰고자 했지만 책상 앞에 앉았을 때 주제를
찾지 못했던 그 책과 나의 삶은 어떤 연관성도
없는 듯했다. 결국 나의 삶 전체는 '소명'이라는
단어로 요약이 가능하거나 불가능했을 것이다.
불가능했을 것이라는 의미는 문학이 내 삶에서
아무런 역할을 하지 못했기 때문이다. 그러나

나의 삶에서 슬프고 기쁜 순간의 추억이 밀알에
들어 있는 알부민처럼 비축되어 자양분으로
사용되고, 우리가 의식하지 못하는 이 순간에도
식물의 줄기가 되기 위해 배아는 성장 중이며,
배아야말로 비밀스러운 화학적 합성과 호흡
현상이 활발히 일어나는 장소이다. 이렇게 나의
삶은 성숙을 가져오는 것들과 연계되어 있었다. 그
삶을 자양분으로 삼게 될 사람들은 밀알을 먹는
사람들과 마찬가지로 풍요로운 자양분이 그들의
음식을 위해 제공되었고, 그 자양분이 우선 밀알에
영양을 공급하고 성숙하게 만들었다는 사실을
알지 못한다.

「7편 되찾은 시간」『잃어버린 시간을 찾아서』

73 일탈을 꿈꾸는 우리의 욕망을 끝없이 채워주며,
매혹을 느끼자마자 바로 수천 개의 또 다른
매혹이 우리 영혼 안에서 협소하게 또는 넓게,
더 유연하게 일어나는 곳, 그곳이 바로 음악의
왕국이다.

『익명의 발신인』

74   작가가 글을 쓸 때 내면의 작동 원리는 매우
개인적이고 독특하다. 동일한 정신, 동일한
가족, 동일한 문화, 동일한 영감, 동일한 환경,
동일한 조건에 동일한 방식으로 동일한 것을
묘사하더라도 작가의 고유한 장치를 덧붙이면
완전히 새로운 것이 되어 다른 사람들의 글을
밀어낸다. 독창적인 작가들이 계속 등장하고
제각기 본질적인 목소리를 내지만, 지각할 수
없는 간극에 의해서 그를 앞선 작가와 뒤따르는
작가는 환원 불가한 차이를 갖는다. 작가들을
일렬로 세워놓았다고 가정해보자. 단순히
독창적인 작가와 독창적이고 위대한 작가를
구별할 수 있는지 보자. 그들이 얼마나 유사한지,
서로 얼마나 다른지 알 수 있다. 수많은 꽃으로
만든 화환처럼 줄줄이 옆에 있지만 자세히 보면
모두 다르다. 한쪽 갈래에서는 아나톨 프랑스,
앙리 드 레니에, 브와레브, 프랑시스 잠을, 다른
한쪽에서는 모리스 바레스를, 또 다른 갈래에서는
피에르 로티를 보게 될 것이다.

『생트뵈브에 반하여』

75   음악은 모든 근심이 사라지고 평온하게 재충전할
수 있는 놀라운 세계로 향하는 문을 열어준다.

「2편 꽃핀 소녀들의 그늘에서」『잃어버린 시간을 찾아서』

76   사물을 묘사하는 데 그치고 선과 표면에 형편없는
도면만을 제공하는 문학이 사실주의라고
불리는데, 실제로는 사실에서 가장 동떨어진
문학이며 우리를 가장 빈곤하고 슬프게 만드는
문학이다. 왜냐하면 그런 문학은 우리의 현재 자아
그리고 사물의 본질을 간직한 과거와 새로운 맛을
느끼게 하는 미래와의 소통을 갑자기 단절시키기
때문이다.

「7편 되찾은 시간」『잃어버린 시간을 찾아서』

77   종교를 이해시키고, 폭군을 증오하게 하고,
여성을 측은히 여기고, 에로스를 보고, 영원을
듣고, 음악까지는 아니어도 음악적 언어의 원천을
듣고, 신처럼 나를 즐겁게 하고, 악마처럼 세상을
음악 안에, 음악의 화음 안에 가두고 즐기기 위해
오르간의 모든 음역을 좁은 피아노의 음역에
가둔다. 생상스라는 인본주의적인 음악가는

교묘하며 놀랍고, 악마적이고 신성한 음악적
장치로 전통과 모방, 지식의 영역에 한정된 창조와
천재성을 매 순간 파괴한다.

『예술에 관하여』

78 책이야말로 인간이 마법을 부릴 수 있는 존재임을
증명한다.

「7편 되찾은 시간」『잃어버린 시간을 찾아서』

79 나는 우리가 예술작품 앞에서 결코 자유롭지
않고, 우리 마음대로 예술작품을 만들지 못한다는
결론에 이르렀다. 그 작품은 이미 우리 내부에
존재하고, 필요하면서도 감추어져 있고, 마치
자연의 법칙과 같아서 우리가 발견해야 한다.
그러나 예술은 결국 우리에게 가장 소중한 것,
우리에게 끝까지 미지로 남아 있는 우리의 삶을
발견하게 만드는 것 아닐까? 우리가 느끼고 믿는
것과는 너무도 다른 현실, 진정한 추억을 우연히
되살릴 때 내면은 행복감으로 채워진다. 우리가
사실주의라고 주장하는 예술의 허위는 우리가
실제 느끼는 것과 너무도 다르게 표현해서 생기며,

그렇지 않다면 그처럼 기만적으로 여겨지지 않을
것이고, 우리가 한순간에 그 사실을 발견하지도
못할 것이다.

「7편 되찾은 시간」『잃어버린 시간을 찾아서』

80 발자크는 적어도 충실하게 초상화를 그린다는
의미에서의 단순한 회화작품을 제공하지는
않는다. 그의 소설들은 멋진 사상, 굳이 말하자면
멋진 그림들에 대한 개념(그가 종종 한 예술을 다른
예술의 형태로 구상하곤 했던), 특히 회화가 주는 멋진
인상, 회화에 대한 위대한 관념의 결과물이다.

『예술에 관하여』

81 스완이 뱅퇴유 소나타의 소절이 실제로
존재한다고 생각하는 믿음은 틀리지 않았다.
그런 면에서 인간적이라고 할 수 있는 이 곡은
초자연적인 존재의 차원에 속한 것이었고, 우리가
본 적이 없음에도 비가시적인 세계를 포획하는
탐험자가 자신만이 도달할 수 있는 신의 세계에서
하나를 포착한 다음 우리 머리 위에서 잠시 빛나게
하여 황홀감을 느끼게 하는 것이었다. 이것이

바로 뱅퇴유가 이 짧은 소절을 위해 한 일이었다.
스완은 작곡가 자신의 음악을 들려주기 위해
악기들로 음악을 펼쳐 눈에 보이게 하고, 그
음악을 따라 그토록 부드럽고, 그토록 신중하고,
그토록 세련되고, 그토록 확실하게 연주하는
손의 의도를 따르며 존중하는 것에 만족했다.
음악 소리가 매 순간 변하고, 그림자를 보여주며
흐려지고, 멜로디의 대담한 윤곽을 따르며
생동감을 되찾았다. 이 소절이 실제로 존재한다고
믿은 스완이 틀리지 않았다는 증거는, 뱅퇴유가
그 형태를 보고 되살려낼 능력이 부족해서
자신의 특징을 여기저기 추가해 착상의 결함이나
미약한 능력을 은폐하려고 했다면, 조금이라도
섬세한 애호가는 누구든 그것이 기만임을
알아차렸으리라는 사실이다.

「1편 스완네 집 쪽으로」『잃어버린 시간을 찾아서』

82 독서는 가장 좋은 치료법으로, 영혼과 정신을
치유해준다.

「7편 되찾은 시간」『잃어버린 시간을 찾아서』

83 때때로 천재성을 발휘하는 작가가 남은 삶을 문학
애호가로서 편안하게 영위하리라고 믿는 것은,
가장 고귀한 도덕적 삶을 산 성인聖人이 여생은
천국에서 저속한 쾌락을 누리며 보내리라는
생각만큼 잘못되고 유치한 생각이다.

『생트뵈브에 반하여』

84 마지막 악장의 시작 부분에서 스완이 들었던
피아노와 바이올린의 아름다운 대화! 얼핏 생각할
때 인간의 언어가 제거되면 환상이 지배할 것
같은데, 오히려 그 환상이 제거되어 언어가 이보다
더 강력하게 필요하다고, 적확한 질문과 명징한
답변이 이보다 더 필요하다고 느껴진 적은 없었다.
먼저 피아노 독주가 마치 암컷에게 버려진 수컷
새처럼 한탄했고, 바이올린은 그 음률에 이웃
나무처럼 답했다. 흡사 세상이 시작되는 순간
같은, 아직 세상에 둘만 존재하는 것 같은, 아니
어느 창조자가 기획한 이 세상이 다른 모두에게는
닫혀 있고 둘에게만 영원할 것 같은 느낌, 그것이
바로 뱅퇴유의 소나타였다.

「1편 스완네 집 쪽으로」『잃어버린 시간을 찾아서』

85 독서는 함께 나누는 고독이다.

「7편 되찾은 시간」『잃어버린 시간을 찾아서』

86 다른 각도에서 보면 문학작품은 바로 행복을
의미한다. 왜냐하면 모든 사랑에는 특별한 사랑과
일반적인 사랑이 함께하기 때문이며 특별한
사랑에서 일반적인 사랑으로 가려면 그 본질을
더 심화하기 위해 명분을 약화시키는 고통을
감내하는 강한 노력이 필요하다. 내 경험에 따르면
누군가를 사랑하고 고통받는 순간에 작가로서의
소명이 달성되어 몇 시간씩 글을 쓰면서 우리가
사랑하는 존재가 더 광범위한 현실에 희석되어
잠깐씩 그 존재를 잊게 되고 글을 쓰는 동안에는
더 이상 사랑으로 인해 고통받지 않게 되며 마치
순전히 육체적인 고통이어서 일종의 심장병처럼
사랑하는 사람이 어떻게 해줄 수 없게 된다.
그런데 이 모든 것은 순간의 문제로 만약에 글쓰기
작업이 뒤이어서 진행된다면 그 효과는 반대가
될 것이다. 사랑하는 사람들은 그들의 사악함과
무익함으로 우리 환상을 파괴하고, 그들 스스로가
아무것도 아닌 사람이 되고, 우리가 만들어낸

사랑의 환상에서 분리되지만, 우리가 글을 쓰기
시작하면 우리의 영혼은 우리가 사랑하길 바랐던
존재의 위치로 그들을 고양시키고, 동일시하고,
문학의 경우 사랑의 환상이 깨진 작업을 다시
시작하면서 더 이상 존재하지 않는 감정을
잔존시켜줄 것이다.

「7편 되찾은 시간」『잃어버린 시간을 찾아서』

87 우리가 쓰는 책의 소재, 문장의 실체는 현실에서
포착한 그대로가 아니라 비물질적인 것이어야
한다. 그러나 문장 자체와 에피소드들은 우리 삶의
가장 멋진 순간들을 다룬 투명한 실체여야 하고,
우리는 현실과 현재 시간에서 벗어나 있어야 한다.

『생트뵈브에 반하여』

88 예술가는 매 순간 자신의 본능에 귀를 기울여야
하며, 그렇기 때문에 예술은 가장 현실적이고
엄정한 삶의 학교이자 진정한 최후의 심판이다.

「7편 되찾은 시간」『잃어버린 시간을 찾아서』

89 유동적이고 용해된 느낌이 순간순간 떠오르는

주제를 감싸고, 거의 식별할 수 없는 상태로 즉시
가라앉아 사라지고, 주제가 주는 특별한 즐거움을
묘사하거나 기억하거나 명명할 수 없고, 형언하기
어려운 상태여서 우리의 기억력이 마치 물줄기
한가운데에 지속 가능한 기초를 세우려는 일꾼의
노력처럼 사라져가는 소절과 유사한 소절을
만들어내며 이어지는 다른 소절과 비교하고
변별할 수 있게 애썼다. (…) 이번에 스완은 특별한
쾌락 위에 떠오르는 소절을 구별했는데, 지금까지
그런 음을 들어본 적이 없었고, 오데트만이 그런
음악을 자신에게 알려주었다고 느끼며 그녀에게
생소한 사랑을 느꼈다.

「5편 갇힌 여인」『잃어버린 시간을 찾아서』

90   책은 우리가 누구인지, 어떤 사람이 될지를
     이해하는 데 도움을 준다.

「7편 되찾은 시간」『잃어버린 시간을 찾아서』

91   우리가 감탄하는 작가들은 우리의 안내자가 될 수
     없다. 왜냐하면 우리 스스로 자성을 띤 바늘이나
     연락용 비둘기처럼 방향을 잡기 위한 감각을

가지고 있기 때문이다. 이와 같은 내면의 본능에
이끌려 우리가 앞으로 길을 나아가다가 때때로
좌우로 시선을 돌렸을 때, 새로 출간된 프랑시스
잠과 모리스 마테를링크의 작품이나 우리가 미처
읽지 못한 주베르 또는 에머슨의 페이지에서
우리와 동일한 생각, 동일한 느낌, 동일한 노력의
예견된 차용을 발견하면, 우리가 착오를 저지르지
않았다고 알려주는 친절한 안내판을 만난 기쁨을
느낀다.

『생트뵈브에 반하여』

92   행복한 몇 년은 잃어버린 시간이고 우리는 창작을
할 때 고통이 작용하기를 기다린다. 창작 작업이
가져올 고통을 알기에 매번 새로운 구상을 위해
견뎌야 할 고통에 대해 떠올린다. 그리고 우리는
고통이 인생에서 조우할 수 있는 최고의 일임을
이해하므로 두려움 없이, 마치 해방처럼 죽음에
대해 생각한다.

「7편 되찾은 시간」『잃어버린 시간을 찾아서』

93   음악만이 (…) 영혼의 소통을 보여주는 유일한

예가 아닐까 싶다.

「5편 갇힌 여인」『잃어버린 시간을 찾아서』

94 작품을 읽을 때 독자들은 각자 스스로의 독자이다.
작가의 작품은 독자에게 제공되는 하나의 도구로,
그 책이 아니면 독자 스스로 보지 못했을 수도
있는 것을 발견하도록 돕는다.

「7편 되찾은 시간」『잃어버린 시간을 찾아서』

95 베토벤의 현악 4중주(12번, 13번, 14번, 15번)가
알려지고 관객들이 인정하기까지 50년이 걸렸다.
많은 위대한 예술작품이 그렇듯 시간이 흐르면서
예술가의 가치가 진화했고, 적어도 교양 있는
사람들의 사회에서는 걸작이 나올 당시에는
발견할 수 없었던 애호가들이 형성된 것이다.

「2편 꽃핀 소녀들의 그늘에서」『잃어버린 시간을 찾아서』

96 예술은 길고 삶은 짧다고 하는데, 영감의 순간도
짧고 영감이 그리는 감정의 순간도 별로 길지
않다고 할 수 있다. 우리의 열정이 결국 책의
윤곽을 잡고 중간중간의 휴식이 그 책을 써낸다.

97   음악은 매 순간 우리를 하나로 모아주고
      두려움이나 영웅적 강단, 강력한 소란으로 다른
      모든 것을 몰아내기도 하고 다시 채우기도 하면서
      우리 마음 사이에 일체를 이뤄낸다. 거친 바다에
      편주를 띄우기 위해 바람의 수천 개의 입이 돛
      곳곳을 불어서 밀어내는 것처럼, 〈운명교향곡〉의
      안단테 악장을 듣는 동안 내 마음에는 거대한
      희망에 부풀어 팽팽해진 돛처럼 결코 잊을 수 없는
      격한 감동이 밀려왔다!

      『예술에 관하여』

98   책과 친구의 근본적인 차이는 지혜가 많고 적은
      것이 아니라 소통하는 방식에 있다. 독서는 대화와
      달리 혼자 있으면서도 타인의 사고를 받아들이는,
      다시 말해 대화를 했더라면 놓쳤을 지적 역량을
      홀로 유지하면서 영감을 얻고 우리의 정신이
      풍요로운 작업을 지속하게 한다.

      『독서에 관하여』

99   나의 삶을 열심히 살아가다 보니 내 문학적 작업은
     총명한 사람들, 더 나아가서는 바보 같은 사람들을
     본능적으로 이해하는 일이 되어버렸다.

「7편 되찾은 시간」『잃어버린 시간을 찾아서』

II

애정을 담아

1   고양이의 영혼은 안락의자의 영혼과 거의
유사하다.

「1편 스완네 집 쪽으로」『잃어버린 시간을 찾아서』

2   내가 너무 불행해 보였는지 어머니는 우리에게
작별 인사를 할 때 아버지를 조금 앞서 보낸
후 잠시 나를 붙들고 "우리는 서로를 이해하는
사이지, 내 귀여운 아기? 착하게 잘 있으면 내일
엄마가 보낸 편지를 받을 거야, 수르숨 코르다Sursum
Corda(네 마음을 고양시켜)"라고 말했다. 라틴어를
인용할 때 실수한 것처럼 보이려는 듯 망설이는
어투였다. 기차가 떠나고 나는 역에 남았지만 나의
일부도 함께 떠난 듯했다.

『생트뵈브에 반하여』

3   아버지가 연극 〈페드라〉를 관람하는 것과
무엇보다 문인이 되는 것을 허락해주었을 때,
나는 갑자기 너무 큰 책임감과 함께 아버지를
실망시키지 않을까 하는 두려움을 느꼈고, 동시에
그날 이후 미래를 가리던 명령을 더 이상 따르지
않아도 되며 마침내 성인처럼 나 자신의 삶이

시작된다는 것, 각자에게 주어진 유일한 삶이
시작된다는 데 따르는 우울함을 느꼈다.

「4편 소돔과 고모라」『잃어버린 시간을 찾아서』

4 자디그, 너와 같은 강아지가 되었을 때 나는 글을
쓰기 시작하고 그렇게 쓴 책만을 좋아한다네.

「레날도 안에게 보내는 편지(1903. 7. 13.)」『프루스트 서한집』

5 각 장소에는 개별적인 무언가가 있기 때문에 내가
게르망트가 쪽을 다시 보고 싶을 때 누군가 나를
그곳의 비본강만큼 아름답고 고운 연꽃이 있는
강에 데려가도 만족하지 못할 것이며, 집으로
돌아간 저녁, 나중에는 사랑으로 변모하여 결코
분리될 수 없는 그 두려움이 내 안에서 깨어나는
시간에 나의 어머니보다 더 아름답고 지적인
어떤 어머니가 와서 저녁 인사를 해주길 바라지
않을 것이다. 내가 행복하게 잠들기 위해서는
이후에 어떤 연인도 줄 수 없었던 평화로운 마음이
필요했다. 연인에게는 그녀를 믿는 순간에도
여전히 의구심을 가졌는데, 이는 나를 향하지
않을 수도 있다는 어떤 염려도 아무런 저의도

없는 어머니의 온전한 입맞춤처럼 그녀들의
마음을 전유하지 못하기 때문이었다. 어머니는 눈
밑에 잡티가 있는 친숙한 얼굴을 숙여 입맞춤을
해주었고, 나는 그 얼굴을 다른 부분만큼
사랑했다. 내가 다시 보고 싶은 것은 떡갈나무가
늘어선 길 입구에 다른 두 집과 조금 떨어져 있던
게르망트 쪽이었다. 내리쬐는 햇빛이 연못처럼
반사되던 들판, 사과나무 잎사귀들의 특별한
풍경은 때로 밤의 꿈속에서 거의 환상적인 힘으로
나를 짓누르고는 깨어나면 사라지고 말았다.

「1편 스완네 집 쪽으로」『잃어버린 시간을 찾아서』

6   외할머니는 인생의 폭우를 가로질러 우리 가족을
이끌고 항상 모든 것의 열쇠는 사랑임을 알려주는
등대였다.

「1편 스완네 집 쪽으로」『잃어버린 시간을 찾아서』

7   고양이의 영혼에는 그의 시선을 통해서만 알아볼
수 있는 깊이가 있지. 느리지만 신비로 가득 찬
고정된 시선은 저쪽 세상의 시선으로 우리를
가늠하는 듯해서 때로 나는 사람보다 고양이가

나를 더 잘 이해한다는 느낌을 받는다네.

「레날도 안에게 보내는 편지(1903. 8. 1.)」『프루스트 서한집』

8　어머니가 지난겨울처럼 신장결석 같은 병에 걸려
아팠는데도 나는 바로 곁에서 아무것도 모르고
지냈을 수 있다는 생각이 들었어요. 그러니까
제가 로베르에게라도 자세히 말할 수 있도록 부디
알려주세요. 행복과 고통은 둘 다 숙성되면서
시큼한 맛이 달콤해지는 과일 같아요. 그 총명함과
관대함이 우리에게 교훈을 줄 거예요.

「어머니에게 보내는 편지(1904. 8. 11.)」『프루스트 서한집』

9　"자, 이제 자러 가야지." 아버지가 말하자 나는
어머니에게 입맞춤을 하고 싶었는데 그 순간 저녁
식사를 알리는 종이 울렸다. "아니, 자, 엄마는
놔두고. 이제 충분히 밤 인사를 했으니 더 이상 그
우스꽝스러운 의식은 그만두자. 올라가 자거라!"
나는 더 이상 기댈 곳도 없이 한 걸음 한 걸음
계단을 올라야 했다. 어머니에게 돌아가고 싶은
내 마음을 거스르며, '마음을 거스르며'라는 표현
그대로 올라가야 했는데, 어머니가 볼에 입을

맞춰주며 나를 따라 올라오지 않았기 때문이다.
항상 슬픈 마음으로 올라야 하는 혐오스러운
계단에는 내 지성이 발휘될 여지를 주지 않는 니스
냄새가 단단히 배어 있어서 내 고통을 생각하면
더욱 잔인하게 느껴졌다.

「1편 스완네 집 쪽으로」『잃어버린 시간을 찾아서』

10 고양이는 사람을 있는 그대로 받아들이며, 그 어떤
질문도 하지 않고 좋아한다.

「3편 게르망트 쪽」『잃어버린 시간을 찾아서』

11 '제왕새'와 같이 우아하며 예언자의 슬픔을 간직한
'다람쥐냥'이 항상 나의 곁에 있게 된 순간부터
내 삶의 모든 것을 채색하던 무관심과 권태가
사라졌다. 소중하고 사랑스러운 생명체야, 그
힘들던 시간에 네가 나와 함께해주고 내 삶을
신비로움과 우수로 윤색해주었구나.

『익명의 발신인』

12 외할머니는 삶의 모든 시련에 맞서 사랑하는
사람들을 보호하는 성채와 같았다.

「1편 스완네 집 쪽으로」『잃어버린 시간을 찾아서』

13   사랑하는 아버지,

저는 항상 제 적성에 맞는 문학과 철학을 계속
공부하고 싶었어요. 그런데 매년 점점 더 실용적인
분야를 학습하라고 하시니, 아버지가 제안하시는
실용적인 분야 중 하나를 빨리 선택하는 편이
나을 것 같아요. 외교관 시험이나 국립고문서학교
시험을 열심히 준비해보려고 해요.
하지만 변호사 사무실에 들어가기보다는 차라리
증권중개인이 될래요. 법률 공부는 3일 이상 할
자신이 없어요! 문학이나 철학 공부 말고는 시간
낭비라고 생각해서가 아니에요. 다양한 고통의
종류 중 최악과 차악이 있으니까요. 절망에 빠져
지내는 동안 생각해보니 변호사가 되는 것만큼
최악은 없는 것 같아요. 거기에 비하면 대사관
일은 저에게 적합한 사명은 아니더라도 최소한
최악을 피할 구제책으로 느껴져요.

「아버지에게 보내는 편지(1888. 5. 5.)」『프루스트 서한집』

14   어머니가 나에게 와주거나 입맞춤을 해주어야만

마음이 치유되다 보니 어머니에게 그토록 참기
힘든 고통을 주었다는 사실이 괴로웠다…….
베네치아든 어디든 어머니가 없는 곳으로 떠날
수 있을 것 같지 않았다……. 나는 더 이상 욕망을
추구하는 행복한 사람이 아니라, 마음에 큰 상처를
입은 유약한 존재일 뿐이었다.

『생트뵈브에 반하여』

15 고양이와 미학의 관계는 발톱과 건축의 관계와
같다.

『생트뵈브에 반하여』

16 외할머니는 동화에나 나오는 가장 희한한
피조물처럼 우리를 다른 세계로 데려가는 힘을
지녔다.

「1편 스완네 집 쪽으로」『잃어버린 시간을 찾아서』

17 어머니를 향한 애정이 너무 커서 잠든 어머니를
깨우지나 않을까 하는 생각도 못 하고 어머니
방에 들어갔어요. 나의 진정한 육체적 본성인
천식과 비염이 돌아온 덕에 정신적으로 충만해진

것일까요. 모르겠어요. 어머니에 대해 이렇게
애틋한 감정을 느낀 것은 오랜만이에요. 몸이
너무 힘들어서 지금은 겨우 손끝으로 끄적이는
중이라 잘못 적지는 않을까 두려워요. 슬픔은
우리를 이기적으로 만들고 마음이 따뜻해지지
못하게 방해하는 것 같아요. 무엇보다도 드물기는
하지만, 어머니가 저에게 했던 실망스러운 말들이
무시 섞인 아이러니와 가혹함(역설적으로 보이지만)
때문에 큰 충격이어서 이해받지 못하는 애정의
표시를 멈추게 했죠.
그런데 이 모든 것은 사실 무의미해요. 제가 너무
피곤한 상태라 조금 전에 한 생각을 다 표현할
수 있을지 모르기 때문이에요. 어머니를 향한 제
마음을 리라로 연주한다면 갈대처럼 부서지게 될
거예요. 천 번의 따스한 키스를 보내요.

「어머니에게 보내는 편지(1901. 5. 17.)」 『프루스트 서한집』

18   고양이는 독립적이고 고독한 동물이지만 인간의
가장 충실한 동반자가 될 수 있다.

『장 상퇴유』

19 마음의 가책이 가라앉자 다시는 오지 않을 달콤한
    이 밤을 최대한 즐기기로 했다. 항상 슬펐던 밤
    시간에 어머니를 곁에 머물게 하는 세상에서 가장
    큰 이 욕구가 오늘 밤 실현된 것은 인위적이며
    예외적인 일일 수밖에 없었고, 삶에 필요한 요소나
    가족의 희망과는 거리가 멀었다.
    내일이면 불안은 다시 시작될 것이고 어머니는
    밤에 거기 머물지 않을 것이다. 그러나 불안함이
    진정되자 그 감정을 이해할 수 없었다. 내일 밤은
    아직 멀었고 그때까지 생각할 시간이 있다고
    느껴졌다. 물론 남은 시간이 무엇을 더 가져다줄
    수는 없었지만 그것은 내 의지로 어찌할 수 있는
    문제가 아니었고, 아직 시간적 여유가 있었기에
    모면할 수 있을 것 같았다.

    「1편 스완네 집 쪽으로」 『잃어버린 시간을 찾아서』

20 모든 어머니는 너무나 숭고하고 모든 아들은
    (당신의 경우는 제외하고) 너무 이기적이며 그것을
    깨닫지도 못합니다.

    「어머니에게 보내는 편지(1904. 4. 23.)」 『프루스트 서한집』

21 외할머니는 외양 너머를 보고 가장 소박한
    것에서도 아름다움을 볼 줄 아는 능력을 가지고
    있었다.

「1편 스완네 집 쪽으로」『잃어버린 시간을 찾아서』

22 자리 올라갔을 때 유일한 위안은 어머니가 침대에
    누운 나에게 입맞춤을 해준다는 것이었다. 하지만
    밤 인사를 너무 짧게 마치고 급히 내려갔기
    때문에 어머니가 계단을 올라와 작은 밀짚 리본이
    달린 파란색 모슬린 가든 드레스가 이중문의
    복도를 지나며 가볍게 스치는 소리가 들리면
    고통스러웠다. 어머니가 나를 두고 내려갈 순간을
    예고하는 소리였으므로 내가 그토록 좋아하는 밤
    인사 시간이 최대한 늦게 찾아오기를, 어머니가
    아직 오지 않은 유예 시간이 더 길어지기를 바라게
    되었다.
    가끔 어머니가 밤 인사를 마친 후 문을 열고
    내려가려 할 때면 '다시 한번 볼에 입맞춤을
    해주세요' 말하고 싶었지만, 어머니가 성가시다는
    표정을 지으리라는 사실을 알았다. 왜냐하면
    아버지는 어머니가 나의 슬픔과 불안을 잠재우고

평화를 가져다주는 밤 인사 의식을 터무니없다
생각했고 어머니는 내가 밤 인사라는 습관을
버리게 하고자 애쓰는 중이었는데도 불구하고,
어머니가 문지방을 넘는 사이에 다시 입맞춤을
원했기 때문이다.

「1편 스완네 집 쪽으로」『잃어버린 시간을 찾아서』

23 제 고양이는 저희 집이 마음에 들어 저를 좋아하는
듯합니다. 저희 집의 가시적인 영혼인 양 집 안을
당당하게 돌아다니면서 추억이 깃든 집에 찾아온
오래전 집주인처럼 구석구석 훑고 다닙니다.

「안나 드 노아유 백작 부인에게 보낸 편지(1907. 7. 4.)」
『프루스트 서한집』

24 외할머니는 내가 한없이 얻어올 수 있는 지혜와
선의의 샘 같았다.

「1편 스완네 집 쪽으로」『잃어버린 시간을 찾아서』

25 장에게는 매일 잠자리에 드는 시간이 비극의
순간이었고, 그 막연한 공포는 그래서 정말 잔인한
것이었다. 그는 날이 저물어 하인들이 램프를

가져오기 전부터 세상이 이미 자신을 버리는 것
같아서 석양에 매달려 그 소멸을 막고 싶었고,
함께 죽음으로 향하고 싶어 했다.
그래도 부엌에 들어가 어머니와 이야기할 때면
이유를 알 수 없는 깊은 두려움에서 조금은
벗어날 수 있었다. 곧 커다란 램프가 도착해
따뜻한 빛이 식탁을 비추며 강력한 친절과 편안한
부드러움으로 그의 마음을 가득 채웠다. 그러나
잠자리에 들 시간이 되면 장은 더 이상 램프 빛의
도움을 기대할 수 없었다.
밤 인사를 해야 했고, 밤새도록 가족과 떨어진
채 슬플 때 어머니에게 가서 이야기를 할 수도
없고, 너무 외로워도 어머니 무릎에 앉을 수
없고, 슬픈 촛불을 끄고 잠들 때까지 움직이지도
못하고 버려진 먹잇감처럼 조용히, 부동의 자세로,
아무것도 보이지 않는 곳에서 뭐라 정의하기
어려운 끔찍한 고통이 점점 고독처럼, 침묵처럼,
밤처럼 커져가는 것을 견뎌야만 했다.

『장 상퇴유』

26   고양이라는 우아한 동물은 어느 순간 신비하며

아득한 어떤 목적에 이끌리는 듯하다.

「1편 스완네 집 쪽으로」『잃어버린 시간을 찾아서』

27 콩브레에서 어머니가 밤 인사를 하러 와주기를
    슬픈 마음으로 기다리던 나의 불안이 치유된 이후
    어느 날 어머니가 아닌 한 소녀, 내 눈이 바다의
    수평선에 핀 꽃처럼 매일 바라보았고 스스로
    생각도 할 수 있던 그 꽃의 마음속에 내가 중요한
    위치를 차지하길 바라게 되었다.

「6편 사라진 알베르틴」『잃어버린 시간을 찾아서』

28 노아유 백작 부인께,
    아버지가 돌아가셔서 제가 크게 상심한 것은
    사실이지만 어머니에 비하면 저는 아무것도
    아닙니다. 아버지가 돌아가신 후 어머니가
    어떻게 살아가실지 감히 상상도 못 하고
    있습니다. 어머니가 살아오신 목적은 유일한
    한 사람(사랑했던 사람이라고도 적지 못하겠습니다.
    외조부모께서 돌아가신 이후 다른 사람을 위한 애정은
    생각지도 못했으니까요)을 위해서인데 그런 아버지를
    다시는 볼 수 없게 되었으니 말이에요. 곁에서

보지 않은 사람은 믿기 어려울 만큼 어머니는
아버지를 위해 삶의 모든 순간을 헌신해왔습니다.
매 순간을 아버지를 위해 썼던 어머니의 존재
이유와 즐거움이 완전히 사라지고, 고문을 가하는
사악하고 능란한 수많은 요정처럼 서로 다른
형태로 불행이 나타나서 어머니 곁을 떠나지
않습니다. (…) 그래서 제 슬픔을 돌아볼 여력이
없습니다. 생각해보니 아버지가 특히 자신
있어 하고 확신에 차 있던 것에 반항한 기억이
납니다. 돌아가시기 며칠 전만 해도 정치에 관해
토론하던 중에 하지 말아야 할 말을 해버렸습니다.
지금 돌이켜보니 얼마나 후회되는지 모릅니다.
마치 스스로를 방어할 수 없는 사람에게 제가
너무 모질게 군 것 같은 생각이 듭니다. 그날
저녁으로 돌아가 아버지에게 다정한 모습을
보여드릴 수 있다면 무슨 일이든 할 수 있을 것
같습니다. 사실 아버지에게는 거의 항상 다정하게
굴었어요. 아버지는 저보다 고귀한 성품을 지녔던
분이니까요. 저는 항상 불평이 많았습니다.
아버지는 아플 때조차 우리에게 알리지 않으려는
생각뿐이었습니다.

그저 아직은 경황이 없습니다. 너무 슬프기만
합니다. 삶은 다시 시작될 것이고, 제가 삶에
어떤 목표라도 가지고 있다면 그 야심이 이
상황을 견디는 데 도움이 되지 않을까 싶지만
저에게는 그런 포부도 없습니다. 아버지와 어머니
사이에서 제 모습이 반영되는 것을 보는 일이
막연한 행복이었는데, 이 점에 회한을 느낍니다.
정말 가슴이 아픕니다. 제가 아버지에게 유일한
먹구름이었다는 점이요. 아버지의 다정함
속에 누려온 소중한 작은 일들이 지금은 너무
고통스럽습니다. 그래도 삶은 다시 시작되고
갑작스러운 절망은 일시적이겠지요.

「안나 드 노아유 백작 부인에게 보낸 편지(1903. 12. 3.)」
『프루스트 서한집』

29   어머니와 나 사이에 서로가 서로를 그 누구보다
사랑한다고 증명해야 하는 일은 없었다. 우리는
그 점을 의심한 적이 없었다. 오히려 생각보다 덜
좋아한다고, 그래서 남은 사람에게 삶이 더 견딜만
하길 바랐다. (…) 그러나 그날 저녁에는 이런저런
이야기를 하면서 지금까지 믿어온 것과는 반대로

과학의 최신 발견과 가장 권위 있는 철학 연구가
유물론을 무너뜨리고 있으며, 죽음은 표면적인
현상일 뿐 영혼은 불멸하여 언젠가 다시 만난다고
어머니에게 말했다…….

『생트뵈브에 반하여』

30   고양이의 처세술은 개보다 훨씬 뛰어나다.

「7편 되찾은 시간」『잃어버린 시간을 찾아서』

31   외할머니의 일그러진 표정에서 그의 마음, 아니
내 마음의 고통을 결코 지울 수 없었다. 죽은
사람은 우리 마음속에만 존재하기 때문에 우리가
그들에게 가한 타격을 계속 기억하다 보면
끊임없이 타격을 받는 것은 바로 우리 자신이다.
나는 그 고통이 너무 잔인해도 할머니에 대한
추억의 결과이므로 혼신의 힘을 다해 매달렸는데,
그 추억이 내 안에 생생하게 존재한다는 증거라고
생각했기 때문이다. (…) 이 고통스럽고 이해되지
않는 느낌에서 어떤 진실을 깨닫게 될지는
모르지만 적어도 약간의 진실을 추출해낸다면,
그것은 너무나 특별하고 자연스러운 것이어서

나의 이성으로 설명되거나 나의 소심함으로
완화되지 않으며, 오로지 갑작스럽게 도래한
죽음만이 번개처럼 내 안에 초자연적이고
비인간적인 형태로 이중의 신비스러운 흔적을
남겼다는 점이다.

「4편 소돔과 고모라」『잃어버린 시간을 찾아서』

III

정신 너머의 세계

1   망각, 빈틈, 헛된 불안으로 꽉 찬 우리의 삶은 꿈과
같다.

「5편 갇힌 여인」『잃어버린 시간을 찾아서』

2   지구가 자전한다는 사실을 누구나 알고는 있지만
깨닫지는 못한다. 발을 딛는 땅이 움직이지 않는
것 같아서 마음 편히 살아가는 것이다. 시간에
대해서도 마찬가지다. 소설가들은 쏜살같은
시간의 흐름을 잘 느끼게 하기 위해서 시침의
움직임을 미친 듯이 가속시켜 독자들로 하여금
10년, 20년, 30년의 시간을 단 2분 만에 살게 한다.
소설책 한 페이지의 위쪽에서는 희망에 부풀어
연애를 하던 주인공이 다음 페이지의 아랫부분에
이르면 팔십대 노인이 되어 일과인 듯 양로원에서
힘겹게 산책을 하고, 누가 말을 걸어도 잘
대답하지 않으며 과거를 완전히 잊은 채 살아가는
모습을 보게 된다.

「2편 꽃핀 소녀들의 그늘에서」『잃어버린 시간을 찾아서』

3   나에게 문학작품을 쓸 힘이 아직 남아 있다는
생각이 오늘 아침 불현듯 들었다. 예전에

콩브레에서 보낸 날들이 나에게 많은 영향을 끼친
것처럼, 작품에 대한 생각과 그 작품을 완성하지
못할 수도 있다는 두려움이 무엇보다도 과거
콩브레의 성당에서 내가 예견했던, 일상적으로는
보이지 않는 시간의 형태를 포착하게 해주었다.
「7편 되찾은 시간」『잃어버린 시간을 찾아서』

4   내 안에서 서너 번 부활한 존재가 느낀 것은
    시간에서 벗어난 존재의 파편이었고 영원한 삶에
    대한 관조였건만 순식간에 사라졌다. 그럼에도
    나는 이 순간 내 삶에 주어진 기쁨이 가장
    풍요롭고 진정하며 유일한 기쁨이라 하겠다.
    「7편 되찾은 시간」『잃어버린 시간을 찾아서』

5   잠이 기억과 사고의 세계 바깥으로 멀리 데려가
    그가 혼자인, 아니 자신을 봐주던 정신이라는
    벗마저 없는 정신 너머의 세계, 시간과 영향을
    벗어난 세계에 그를 두었다.
    「4편 소돔과 고모라」『잃어버린 시간을 찾아서』

6   그 순간, 나를 에워싸는 달콤한 향을 느꼈다.

라일락 향기였는데, 나는 고양된 상태에서 그것을
감지하지 못했으나 곧 나에게 다가왔다. 마치
가지를 부러뜨린 것처럼 씁쌀한 냄새와 수액
냄새가 섞여 있었다. 나는 그저 나뭇잎에 은색
실이나 달팽이가 지나간 듯한 자연스러운 은빛
흔적만 남겼을 뿐이었다. 그러나 그것은 가지에서
마치 선악과나무에 열린 금단의 열매처럼
보였고, 신에게 유기적이지 않은 형태를 부여하는
부족처럼 끝없이 늘어지는 은빛 실의 형체 속에서
나는 자연스러운 삶을 완전히 거스르며 한동안
내가 악마라고 그려왔던 것을 표상하게 되었다.

『생트뵈브에 반하여』

7   우리와 동일한 시각으로 우리의 결점을 파악하는
    사람을 만날 때 그 유대 관계는 절대적이다.

「2편 꽃핀 소녀들의 그늘에서」『잃어버린 시간을 찾아서』

8   다른 사람의 마음에 들기 위해 하는 일은 성공할
    수 없다. 그러나 자기만족을 위해 하는 일은
    누군가의 관심을 받을 수 있다. 우리가 그토록
    노력을 투영하는 모습을 보면서 즐거움을 느끼는

사람이 아무도 없을 수는 없다. 왜냐하면 그
누구도 완전히 독창적이지 않은 데다가 우리 삶에
큰 즐거움을 주는 공감과 이해에 있어, 우리의
개성은 다행히도 보편적인 틀 안에 기반하기
때문이다. 우리가 사람의 영혼을 물질처럼 분석할
수 있다면 우리의 정신과 물질이 다양한 외양을
갖추고 있다 해도 아주 단순하고 환원 불가한
요소들은 소수이며, 우리의 개성이 우주의 거의
모든 곳에서 발견되는 아주 흔한 물질로 구성되어
있음을 보게 될 것이다.

『모작과 잡록』

9 우리의 과거가 바로 그렇다. 과거를 환기하기
위해 애를 써도 소용없고 지나간 일을 환기하려는
지적인 노력은 모두 헛된 것이다. 과거는 지능의
영역이나 역량에서 벗어나 생각지도 못한
사물(그 사물이 우리에게 주는 느낌) 안에 감춰져
있기 때문이다. 운이 좋으면 죽기 전에 그 사물을
마주하게 될 수도 있고, 아니면 전혀 보지 못할
수도 있다.

「1편 스완네 집 쪽으로」『잃어버린 시간을 찾아서』

10 우리의 모든 능력과 비판 기능이 팽창한 상태는
    일종의 은총 상태이다. 이 자발적인 예속이 바로
    자유의 시작이다. 거기에 도달하기 위해 위대한
    작가가 느낀 것을 재창조해보려는 노력만큼
    좋은 방법은 없다. 그런 심오한 노력을 하면서
    대가의 사상과 함께 자신의 생각이 탄생한다.
    우리는 인생에서 자유롭지만 어떤 목표를 갖는다.
    무관심으로 얻는 자유라는 궤변의 진실은 이미
    오래전에 밝혀졌다. 바로 이와 같은 아주 순진한
    궤변을 바탕으로 많은 작가가 자신들의 사고 속에
    진공상태를 만들고자 하고, 외부의 모든 영향을
    배제하여 개성 있게 남고자 한다. 현실에서 우리가
    스스로 온전히 존재하는 순간은 역설적으로
    우리가 독자적이지 않다고 생각한 순간, 노력의
    목표를 임의로 선택하지 않은 순간이다. 소설가의
    주제, 시인의 시각, 철학자의 진리는 필수적인
    방식으로 사고의 외부에서 온다. 예술가는 이
    시각에 정신을 예속시키고 진리에 접근하면서
    진정한 자신이 되어간다.

    『모작과 잡록』

11   침묵은 말과 달리 우리의 단점, 찡그린 표정을
      남기지 않는다. 침묵은 순수하고 진정한 정취이다.

『독서에 관하여』

12   때로 나는 너무 깊이 잠들거나 갑자기 잠에 빠져서
      내가 어디 있는지조차 파악하지 못했다. 가끔은
      우리 주위의 사물들이 고정된 것이, 그것들이
      고정되었다고 확신하는 데서 기인하지는 않는지
      궁금했다. 어쨌든 깨어나면 내가 어디에 있는지 알
      수 없었고 사물, 국가, 심지어 세월까지 모든 것이
      어둠 속에서 빙글빙글 돌았다.
      여전히 움직이기에는 너무 굳은 내 옆구리를
      더듬으면서 방향을 추측하려고 애썼다. 어릴
      적부터 내가 잠을 잤던 모든 장소가 떠올랐고,
      심지어 수년 전부터 오랫동안 생각해보지
      않았던 곳, 죽을 때까지 생각해내지 못했을 곳,
      잊어서는 안 될 곳을 차례로 불러냈다. 내 몸은
      방, 문, 복도는 물론 어떤 생각을 하면서 잠들고
      깨어났는지까지 기억했다.

『생트뵈브에 반하여』

13   아름다움은 눈앞에 있는 추상적인 형태처럼
     우리가 상상하는 절대적 최상급이 아니라, 오히려
     현실이 우리에게 제시하는 상상할 수 없는 새로운
     유형의 형태이다.

『생트뵈브에 반하여』

14   벌써 몇 년 전 콩브레에 자러 가는 비극 외에 남은
     것이 없던 어느 겨울날, 외출을 마치고 집으로
     돌아가자 어머니가 추워하는 나를 보면서 평소
     습관에 없던 차를 마시라고 권했다. 처음에는
     거절했다가 무슨 이유에서인지 마음을 바꿔
     먹었다. 어머니는 마치 조개껍데기의 줄무늬처럼
     홈이 파인 틀에 넣어 구운 듯한, 마들렌이라는
     짧고 통통한 디저트를 주었다. 우울한 일과와
     내일의 슬픈 전망에 짓눌린 나는 기계적으로
     마들렌 한 조각을 담근 차 한 숟가락을 입으로
     가져갔다. 마들렌 부스러기가 섞인 차 한 모금이
     입천장에 닿는 순간, 나는 내 안에서 일어나는
     놀라운 변화를 감지하며 몸을 떨었다. 섬세한
     쾌락이 이유도 모른 채 밀려와 나를 고립시켰다.
     곧 삶의 질곡에 대범해지고, 삶의 부침이 대수롭지

않아지고, 삶이 순간적이라는 사실을 가소롭게
여기도록 해주었다. 마치 사랑처럼 귀한 정수로
내 몸을 채웠는데, 그 정수는 내 안에 있는 것이
아니라 바로 나 자체였다. 문득 내가 하찮고
시시하고 죽을 수밖에 없는 인간이란 사실을
잊게 되었다. 어디에서 이렇게 강력한 기쁨이
오는 것일까? 차와 마들렌의 맛 때문이라고
생각했는데 사실은 그것을 초월했고, 도저히
같은 차원일 수 없다고 느꼈다. 도대체 이 기쁨은
어디에서 왔을까? 이 기쁨은 무엇을 의미할까?
어디서 찾을 수 있을까? 또 한 모금을 먹었을 때
첫 모금보다 더한 것을 발견하지 못했고 세 번째
모금은 두 번째 모금에 못 미쳤다. 이제 멈춰야 할
때로, 마실수록 차의 미덕이 줄어드는 것 같았다.
기쁨의 원천은 내 안에 있다는 사실이 더욱
명확해졌다. 차 한 잔이 내 안에 있는 무언가를
일깨웠지만 나는 그것이 무엇인지 알지 못했고,
그러다 보니 끝없이 반복하는 수밖에 없어 그
효력은 떨어졌으며, 나는 어떻게 해석해야 할지
모르겠다 판단하면서도 명확한 답을 찾을 때까지
그 느낌을 온전히 다시 갖게 되기를 바랐다. 나는

찻잔을 내려놓고 내 정신으로 향했다. 바로 그
안에 답이 있을 테니까. 하지만 어떻게? 정신이
스스로 압도당한다고 느낄 때, 정신이 찾아야 하는
곳 전체가 심연이며 갖고 있는 자원이 소용없다고
느낄 때 큰 동요가 온다. 찾는다? 그뿐만 아니라
정신은 만들어낸다. 아직 존재하지 않지만
정신만이 실현할 수 있는 무엇인가를 마주하고
자신의 빛 속으로 들어오게 한다.
나는 다시 그 어떤 논리적 증거도 없으나 명백하게
무한한 행복을 주고, 그 존재 앞에 다른 모든 것은
사라지게 하는 미지의 상태가 무엇인지 생각하기
시작했다. 그것을 다시 나타나게 만들고 싶었다.
차의 첫 한 모금을 삼킨 순간을 떠올려보았다.
다시 그 무엇도 명료하지 않은 상태가 되었다.
정신에게 한 번 더 애를 써서 사라져가는 감각을
되살려보라고 주문했다. (…)
이제 나는 아무것도 느끼지 못한다. 아마 그것이
멈추었거나 어쩌면 가라앉은 듯하다. 혹시
밤에 나타날까? 열 번쯤 다시 시도하고 그것이
무엇인지 기다린다. 그러나 어려운 일, 힘든 일을
외면하려는 내 안의 비겁함이 그저 오늘 하루의

근심거리와 내일의 바람에 대해 생각하며 차나
마시라고 권한다.

그리고 갑자기 추억 하나가 떠올랐다. 일요일 아침
콩브레에서 레오니 고모 방에 아침 인사를 갈
때면(미사 전까지 외출을 하지 않았기 때문에) 따듯한
차나 라임허브티에 담근 마들렌을 주곤 했는데,
바로 이 맛이었다. 작은 마들렌을 맛보기 전까지는
그런 기억이 떠오르지 않았으나, 아마도 먹지는
않고 진열대에 놓인 것을 자주 봐서 콩브레의
마들렌 이미지보다는 최근에 다른 곳에서 본
이미지가 남아 있기 때문일지도 몰랐다. 오랫동안
유기된 기억들은 하나도 남지 않고 모조리
해체되었던 것 같다. 마들렌의 엄격하고 경건한
주름 아래 매우 관능적인 작은 페이스트리 형태가
기억 속에서 폐기되었거나 잠들어, 의식까지
도달할 수 있는 확장력을 잃었기 때문이었을
것이다. 존재의 죽음과 사물의 파괴로 과거의 그
무엇도 존속하지 못하는데, 더 유약하지만 더
끈질기고 더 형체 없이 더 집요하며 더 충실한
냄새와 맛은 모든 잔재의 폐허 위에, 그 미세한
작은 방울들 위에 거대한 추억의 구축물을 올리고

오랫동안 계속해서 영혼처럼 추억하고 기다리고
희망한다.
고모가 주었던 허브티에 담가 먹은 마들렌 조각의
맛을 기억해내자마자(왜 이 기억이 나를 그토록
행복하게 만들었는지는 나중에야 알았지만) 고모의 방이
있던 회색 집은 부모님을 위해 뒤쪽에 지은 정원이
내려다보이는 작은 정자를 떠올리게 하는 연극
배경처럼 다가왔다.

「1편 스완네 집 쪽으로」 『잃어버린 시간을 찾아서』

15   쉬운 성공도 없고 결정적인 실패도 없다.

『75장의 원고와 다른 미출간 원고들』

16   병에 걸렸을 때 비로소 우리가 혼자 사는 것이
아니라 어떤 다른 차원에 지배되는 우리를 모르는
존재에 예속되어 있다는 것, 심연이 그 존재와
우리 사이를 가르고 그 존재에게 이해받기란
불가능하며 그 존재란 바로 우리 몸이라는 것을
깨닫는다.

「3편 게르망트 쪽」 『잃어버린 시간을 찾아서』

17   그들을 향한 우리의 애정이 약해지는 까닭은 다른
사람들이 죽었기 때문이 아니라 우리 스스로도
죽었기 때문이다.

「6편 사라진 알베르틴」『잃어버린 시간을 찾아서』

18   사람은 불행해지면 도덕적으로 변하는 것이
맞다. 다른 사람의 연민이 필요해져서 도덕적으로
변하고, 우리가 그들과 같은 고통을 겪는다고
보여줌으로써 동정을 얻고자 한다. 다른 사람들과
동일한 고통을 겪음으로써 그들과 함께한다는
느낌을 받는데, 이는 우리도 그들과 마찬가지로
고통받을 수 있음을 보여주어야만 달성할 수
있다. 고통이 다른 사람의 불행을 알려주고,
우리는 그들을 이해해야만 동정할 수 있기 때문에
도덕적인 사람이 된다.

「1편 스완네 집 쪽으로」『잃어버린 시간을 찾아서』

19   진정한 낙원은 잃어버린 낙원이다.

「7편 되찾은 시간」『잃어버린 시간을 찾아서』

20   소설가들은 어리석어서 날과 연 단위로 시간을

계산한다. 매일의 시간은 시계와는 같겠지만
사람에게는 그렇지 않다. 언덕이 많아 힘들고
한없이 시간이 오래 걸리는 날들이 있고, 노래를
부르며 전속력으로 경사진 길을 내려갈 수 있는
날들도 있다. 예민한 자연은 일상을 보내기 위해
다양한 '속도'를 가지고 있다.

그리고 다른 계절, 다른 기후에서 온 조화롭지
않고 끼어든 날들이 있다. 우리는 겨울의 파리에
있지만, 아직 거의 모든 것이 잠든 상태에서
시칠리아의 봄날 아침이 시작되는 것을 느낀다.
우리는 전차가 처음 굴러가는 소리를 듣고 그것이
비에 젖지 않고 청명한 날을 향해 출발했다는
사실을 알 수 있다.

『시평집』

21   알 수 없고 예상치 못한 일로 가득한 것이
인생이고, 악덕은 생각보다 훨씬 더 널리 퍼져
있다.

「1편 스완네 집 쪽으로」『잃어버린 시간을 찾아서』

22   나는 이 모든 것을 재빨리 내버려두고 이 행복의

원인을, 과거에는 미뤄두었던 행복이 지닌
확실성의 원인을 찾고자 했다. 나는 다양한 행복의
인상을 비교해 현재와 과거의 모든 순간에서 느낀
공통점을 찾을 수 있었는데, 바로 과거가 현재를
잠식하여 내가 어느 순간에 위치하는지 망설이게
한다는 것이었다. 사실 이 행복감을 느끼는 내
안의 존재는 과거 어느 날 겪었던 경험과 현재의
공통점을 다시 느끼는 것이었고, 그런 의미에서
초시간적 감각이며, 감각하는 나는 현재와 과거
사이의 일치감이 발생할 때만 초시간적으로
존재했다. 죽음에 대한 생각이 가져오는 불안감은
작은 마들렌의 맛을 무의식적으로 되살렸을
때 멈추는데, 그 순간에는 내가 미래의 역경에
대한 불안에서 벗어나 있고, 그때에만 나는
살아 있기 때문이다. 그 존재는 현재와 과거의
유사성이라는 기적의 작동, 즉각적인 향유가 나를
현재에서 벗어나게 할 때를 제외하면 결코 내 앞에
발생하거나 나타나지 않았다. 과거를 되찾으려는
나의 기억이나 지적인 노력은 항상 실패했으나
과거와의 유사성이라는 기적만이 지난날,
잃어버린 시간을 되찾아주었다.

「7편 되찾은 시간」『잃어버린 시간을 찾아서』

23 천재는 우리 시대에 지속되는 일상에 대한
   범죄자처럼 취급되고 범죄자보다 더 엄하게
   처벌받아 수형지보다 더 슬픈 정신병원에서
   죽어간다.

   『모작과 잡록』

24 예민한 사람들은 '감수성'이라는 이름으로
   이기주의를 키우고, 그들 스스로 점점 더 조심하는
   불편함을 다른 사람들이 나타낼 때 견디기
   어려워한다.

   「3편 게르망트 쪽」『잃어버린 시간을 찾아서』

25 나는 갑자기 잠들었고, 아주 깊은 잠에
   빠져들었다. 잠 속에서 우리는 어린 시절로
   돌아가기도 하고, 과거를 회상하거나 잊었던
   감정을 느끼거나 육체와 영혼이 분리되기도 하며,
   영혼의 윤회, 망자의 환기, 광기의 환상, 자연의
   가장 원시적인 지배로의 회귀 등 (…) 우리가 알지
   못한다고 생각하지만 사실은 우리가 매일 밤

겪는 여러 가지 불가사의를 무엇보다도 위대한
불가사의인 죽음과 부활을 본다.

「2편 꽃핀 소녀들의 그늘에서」『잃어버린 시간을 찾아서』

26 　우리의 사회적 인성은 타인들의 생각이 만들어낸
　　것이다.

「5편 갇힌 여인」『잃어버린 시간을 찾아서』

27 　우리가 인생을 비관적으로 생각하며 간신히
　　견딘다고 여기는 이유는, 행복과 아름다움을
　　인생에 포함시켰다고 생각했는데 두 요소가
　　누락되고 원자 하나 없는 합성물로 대체되었다고
　　믿기 때문이다.

「2편 꽃핀 소녀들의 그늘에서」『잃어버린 시간을 찾아서』

28 　사랑의 추억은 일반적인 기억력의 법칙에서
　　예외가 아니며, 기억력은 또 습관의 법칙에 영향을
　　받는다. 습관이 모든 것을 약화시키기 때문에
　　우리가 어떤 사람을 잘 기억하게 만드는 것은
　　바로 우리가 잊어버린 무언가이다. 우리의 최고의
　　기억은 우리 바깥에 있고 비바람이나 어느 방의

꿉꿉한 냄새 또는 타오르기 시작한 모닥불의
냄새처럼 지성이 무시하고 과거의 보고에 놔둔
것, 그러나 가장 훌륭한 부분이 되어 눈물이 마른
후에도 계속 우리를 울게 하는 것이다.
「2편 꽃핀 소녀들의 그늘에서」『잃어버린 시간을 찾아서』

29 항상 당신의 삶 위에 하늘 한 조각을 간직하세요.
「1편 스완네 집 쪽으로」『잃어버린 시간을 찾아서』

30 어렸을 적 아버지가 그해 부활절 연휴를
피렌체에서 보내기로 정했다. '이름'은 그저
'단어'와는 전혀 다른 특별한 것이었다. 살다
보니 이름이 단어가 되곤 했다. 켕페를레, 반과
같은 도시의 이름을 알게 되었고 주앵빌이나
발롬브뢰즈 씨 같은 이름을 알게 되었지만, 그
이름들 사이에 큰 차이를 느끼지는 못했다. 이름은
오랫동안 오해를 부르기도 한다. 단어는 우리에게
사물의 작고 명확하며 통상적인 이미지를 갖게
한다. 마치 학교에서 우리가 잘 이해하도록
작업대, 양, 모자 같은 다양한 용도의 사물
이미지를 벽에 걸어두던 것과 마찬가지다. 그러나

이름은 지칭하는 도시가 사람인 듯 믿게 하고, 그 대상과 다른 대상 사이에는 심연이 존재한다.

『시평집』

31   침묵은 힘이라고 하는데, 다시 말하면 사랑받는 사람들에게는 정말 가혹한 힘이 된다. 침묵은 기다리는 사람의 불안을 고조한다. 존재에서 분리되는 것보다 더 가까이 가고 싶게 하는 것은 없고, 침묵보다 더 뛰어넘기 어려운 장벽도 없을 것이다. 침묵은 감옥에 갇힌 사람을 미치게 하는 형벌이라고도 한다. 그러나 침묵보다 더 가혹한 형벌은 사랑하는 사람의 침묵을 견디는 일이다!

「3편 게르망트 쪽」『잃어버린 시간을 찾아서』

32   시간은 잘 사용해야 하는 보배이고, 기억은 잘 간직해야 하는 보배이다.

「1편 스완네 집 쪽으로」『잃어버린 시간을 찾아서』

33   우리 얼굴의 특징은 습관에 의해 결정적으로 굳어진 몸짓일 뿐이다. 자연은 폼페이의 재앙, 님프의 변신처럼 습관적인 움직임 속에 우리를

가두었다. 우리 억양에는 삶의 철학, 매 순간
말하는 여러 가지 것들이 반영된다.

「2편 꽃핀 소녀들의 그늘에서」『잃어버린 시간을 찾아서』

34 수면은 우리 내부 기관의 장애에 관한 정보에
따라 심장박동과 호흡을 가속화하는데, 동일한
양의 공포와 슬픔, 회한이 혈관에 주입된다면
100배의 위력을 지닐 것이다. 지하 도시의 동맥을
여행하는 길에 나서자마자 마치 여섯 겹의 주름이
잡힌 레테강 같은 고유한 혈액의 물결에 태워지고,
찬란하고 위대한 인물들이 나타나 우리에게
다가왔다가 멀어지며 우리가 눈물 흘리게 놔둔다.
나는 어두운 현관 밑에서 헛되이 할머니를 기다릴
때처럼 할머니의 얼굴을 찾고 있었다. 할머니가
쇠약해지고, 추억 속 모습처럼 창백한 상태로
어딘가에 계시다는 것을 알고 있었다. 어둠은 점점
짙어지고 바람도 일었다.

「4편 소돔과 고모라」『잃어버린 시간을 찾아서』

35 그 비스코티를 맛보자마자 그때까지 잊고
있던 희미하고 어두운 정원 전체가 꽃이 담긴

바구니들과 함께 물속에서 형체를 되찾는 말린
일본 꽃들처럼 작은 찻잔 속에서 문득 떠올랐다.
지성이 기억해내지 못한 베네치아에서 보낸 많은
나날은 죽은 것과 마찬가지였는데, 작년에 정원을
가로지르다 갑자기 불규칙하고 반짝이는 정원의
포석을 보고 멈춘 적이 있다. 같이 있던 친구들이
내가 미끄러질까 걱정했지만 나는 염려 말고
계속 앞서 가라고 손짓하며 뒤따라간다고 했다.
뭔지 모를 중요한 무언가가 나를 붙들었고, 내가
알지 못했던 과거가 전율하는 것을 느꼈다. 포석
위에 발을 디뎠을 때 나는 동요했다. 순간 나에게
밀려오는 행복을 느꼈고 우리 안에 있는 이 순순한
정체, 과거가 주는 느낌, 순수하게 보존된 삶의
일부(우리가 과거의 느낌을 체험하는 순간 우리 기억에
존재해서 오히려 그것을 지우는 감각들의 한가운데 놓여
있기 때문에 보존되었다고 믿는)가 인도되어 시와
삶의 소중한 보물을 늘려줄 것 같았다. 그렇지만
나는 그 과거를 인도할 힘을 갖고 있지 못했다.
아! 나의 지성은 이런 순간에 아무 소용이 없구나.
나는 몇 발자국 뒤로 물러났다가 다시 불규칙하고
반짝이는 포석을 밟으며 조금 전과 같은 상태로

돌아가고자 했다. 산마르코대성당 세례당의
불규칙하고 반짝이는 포석에 발을 디디던 그
느낌이었다. 그날 운하에서 나를 기다리던
곤돌라와 가득했던 행복, 그 보물 같은 시간들이
다시 인식하게 된 이 감각을 통해 확 밀려들었고,
나는 과거의 하루를 되살아볼 수 있었다.
과거를 되살리는 데 지성은 무력할 뿐 아니라,
지성이 다시 구현해내려고 시도하지 않는
대상에만 과거의 시간들은 파고들 것이다.

『생트뵈브에 반하여』

36 본능은 의무를 명령하고 지능은 의무를 피하기
위한 구실을 찾는다.

『쾌락과 나날』

37 의학은 의사들 사이에 연속되는 모순적인 오류의
결정판으로, 그들 중 가장 우수하다는 의사가
몇 년 후 오류라고 밝혀질 진리를 설파할 운을
누린다. 그러므로 의학을 믿는 것은 최고로
어리석은 짓이다. 의학을 믿지 않는 것은 그보다는
아니지만 역시 어리석다고 할 수 있는데, 그래도

오랜 세월 오류가 쌓이다 보니 진리가 일부는
드러났기 때문이다.

「3편 게르망트 쪽」『잃어버린 시간을 찾아서』

38 부모가 남편이 될 사람을 선택해주었던 오래전
그때처럼 할머니의 얼굴에는 순수와 복종의
표정이 섬세하게 드러났고, 뺨은 세월이 점차
앗아간 순결과 희망, 행복에 대한 꿈, 심지어
순진무구한 명랑함으로 빛났다. 생명이
물러가면서 삶의 환멸을 가져간 것이었다.
할머니의 입가는 미소를 머금은 듯했다. 죽음이
중세 시대 조각가처럼 젊은 여인의 모습으로
할머니를 장례식 침상 위에 뉘었다.

「3편 게르망트 쪽」『잃어버린 시간을 찾아서』

39 우리는 도달할 수 없는 것만을 좋아하며 추구하고,
우리가 소유하지 않은 것만을 사랑한다.

「5편 갇힌 여인」『잃어버린 시간을 찾아서』

40 하루 종일이라고 생각했는데 벽시계를 봤더니
겨우 15분이 흘렀을 때, 하나의 시간만 있다고

주장할 수도 있다. 그런데 그런 사실을 인지하는
순간 그는 깨어난 사람이고 또 하나의 시간을
폐기한 것이다. 어쩌면 시간보다 더한 것, 또
하나의 삶을 버린 것일 수도 있다.
두 개의 시간이 있다고 분명히 말한다. 만일
하나라고 한다면 그것은 깨어난 사람의 시간이
잠든 사람의 시간에도 적용되어서가 아니라
오히려 다른 삶, 우리가 자는 시간들이 깊숙이
있어서 시간의 범주에 포함되지 않기 때문이라고
할 수 있다.

「4편 소돔과 고모라」『잃어버린 시간을 찾아서』

41 도처에 아름다움이 있다. 단, 아름다움을 보기
위한 눈을 가져야 한다.

『장 상퇴유』

42 마르탱빌 종탑의 조망, 산마르코대성당과 콩브레
포석의 불규칙함, 마들렌의 맛을 환기해보며
이런 감각들을 법칙과 사상처럼 기호로 해석하고
사고함으로써 내가 느꼈던 흐릿한 지점을
의식적인 등가물로 전환하려는 시도가 필요했다.

이것이 바로 예술을 하는 유일한 방법 아닐까? 그
결과가 벌써 나의 정신에 확연히 느껴졌다. 포크
소리나 마들렌의 맛 또는 내가 머릿속에서 의미를
찾으려고 애쓰며 문체의 효과를 통해 적어보려
했던 진실들을 환기하는 것, 내 머릿속에서
종탑과 잡초 들이 복잡하면서도 만개한 마법서를
구성해 그들 중 무엇을 선택해야 할지 알 수 없는
상태로 주어졌던 것이다. 이것이 바로 진정성의
특징이라고 생각했다. 내가 정원에서 발이 걸렸던
불규칙한 포석을 일부러 찾기 위해 애쓴 것이
아니었다. 그러나 우연히, 피할 수 없는 방식으로
감각이 유발한 과거의 진리, 감각이 촉발시킨
이미지들을 통제한 것이다. 왜냐하면 우리는
감각이 빛을 향해 올라가려는 노력과 재발견되는
현실의 기쁨을 느끼기 때문이다. 감각이야말로
의식적인 기억이나 관찰이 여전히 해낼 수 없는
빛과 그림자, 부각과 생략, 추억과 망각의 완벽한
비율로 현대적 인상으로 이루어진 전체 그림의
진실을 통제한다.

「7편 되찾은 시간」 『잃어버린 시간을 찾아서』

43 사람에 따라 시간의 척도는 가속되기도 하고
지연되기도 한다.

「7편 되찾은 시간」『잃어버린 시간을 찾아서』

44 신이 자신의 형상으로 만든 피조물을
불명예스럽게 하는 가장 가증스러운 것은 바로
거짓말이다.

『장 상퇴유』

45 인생의 후반부에 드러나는 천성은 본성이
발전하거나 약화되거나 강화되거나 완화된
것이지만, 항상 그렇지는 않아서 때때로 외투를
뒤집어 입은 것처럼 반대인 경우도 있다.

「2편 꽃핀 소녀들의 그늘에서」『잃어버린 시간을 찾아서』

46 나는 매일 지성이 덜 중요하다고 생각한다. 작가는
지성에서 벗어나야 느낌을 포착할 수 있다고,
다시 말해 자신과 예술의 유일한 소재에 도달할
수 있다고 생각한다. 과거라는 이름으로 지성이
우리에게 돌려주는 것은 우리 자신이 아니다.

『장 상퇴유』

47   푸짐한 식사 후에는 달콤함, 지성, 활력이 넘치는
     정지의 순간이 온다. 그저 가만히 있으면 삶의
     충만함이 차오르고 조금이라도 몸을 쓰는 일은
     아득히 힘들어 보인다. 식사 전에 찾아왔던 슬픔은
     어느덧 사라지고, 다시 생각해보면 웃음과 함께
     원인이 없는 지나간 고통처럼 느껴진다. 슬픔과
     더불어 불안, 자책까지 말이다.

     『장 상퇴유』

48   어떤 이미지들에 대한 기억은 어떤 순간에 대한
     그리움일 뿐이다.

     「1편 스완네 집 쪽으로」『잃어버린 시간을 찾아서』

49   오랫동안 나는 일찍 잠자리에 들었다. 때로는
     촛불을 끄자마자 눈이 스르르 감겨서 '잠이
     오네'라고 생각할 겨를도 없었다. 그런데 30분
     만에 이제 자야 한다는 생각이 나를 깨우는
     것이었다. 나는 손에 들고 있다고 느낀 책을
     내려놓고 촛불을 꺼야겠다 생각했고, 잠들기 직전
     읽던 것에 대해 자면서도 계속 떠올리다 보니 나
     자신이 교회, 사중주, 프랑수아 1세와 카를 5세의

『프루스트의 문장들』 **마음산책**

프루스트의 문장들

최미경
엮고 옮김

"고양이의 영혼은 안락의자의 영혼과 거의 유사하다."

제법 색다른 문장에 시선이 갔습니다. 『잃어버린 시간을 찾아서』는 20세기 소설의 초석이자 프랑스문학의 거대한 산맥으로 불리지만, 방대한 분량과 길고 난해한 문장으로 쉽사리 독자의 등정을 허락하지 않기로도 유명하지요. 작품의 내용보다는 '마들렌과 차'의 이미지로 기억되기도 합니다. 그래서 고양이를 향한 애정과 유머와 천진함이 녹아난 짧은 문장에 눈길이 오래 머물렀는지도 모르겠어요.

『프루스트의 문장들』은 문학사에 큰 이정표를 남긴 마르셀 프루스트의 주옥같은 문장들을 엮은 책입니다. 『잃어버린 시간을 찾아서』를 비롯해 그의 에세이와 비평, 편지에서 엄선한 문장들은 위대한 작가 프루스트부터 솔직한 인간 마르셀까지 두루 조망하게 돕습니다. 그는 문학과 예술의 열렬한 예찬자이자 동시대 사회문제에 적극적으로 소리 내는 시민이었고, 끊임없이 애정을 갈구하는 남자였으며, 무엇보다 병약한 신체적 한계를 작품으로 극복하고자 했던 작가였습니다.

당시 세태와 인간의 내면세계를 깊이 있게 해부한 그의 감각적인 언어들을 한 권의 책에 담아 독자님께 보냅니다.

마음산책 드림

적대 관계 등 책에 나오는 주체가 된 것 같은
특이한 생각이 들었다. 깨어나서도 몇 초간 이
믿음이 지속되었는데, 내 이성을 가격하기는커녕
눈앞에 비늘처럼 어른거려서 촛불이 꺼져 있다는
사실을 인식하지 못하게 했다. 그러다 그 생각마저
가물거리며 마치 환생 후 전생에 대한 생각처럼
이해할 수 없는 것이 되었다.

「1편 스완네 집 쪽으로」『잃어버린 시간을 찾아서』

50   인생에는 바그너 음악의 모티프처럼 뒤섞여
우리를 덮치는 다양한 시련과 그 일련의
사건들에서 일종의 아름다움이 나오는 순간이
있다.

「6편 시라진 알베르틴」『잃어버린 시간을 찾아서』

51   죽음의 시간이 불확실하다고 말할 때, 우리는 그
시간을 막연히 먼 시공간에 있는 것으로 표현하며
이미 시작된 하루가 죽음과 어떤 관련이 있거나
그 하루가 죽음을 의미할 수도 있다는 생각을 못
하는데, 죽음이 우리를 부분적으로 소유하게 되면
죽음은 그 순간부터 우리를 놔주지 않고, 모든

시간의 활용이 이미 계획되어 있는 그날 오후에
일어날 수도 있다.

「3편 게르망트 쪽」『잃어버린 시간을 찾아서』

52 정신은 스스로의 풍경을 가지고 있고, 그에 대한
사색은 짧은 시간만 허락된다.

「7편 되찾은 시간」『잃어버린 시간을 찾아서』

53 이름은 한 사람의 사후뿐만 아니라 살아 있는
동안에도 그 존재의 전부라고 할 수 있다. 이름에
대한 우리의 생각이 너무 모호하고 이상해서,
이름이 우리를 말해주는 그 무엇과 잘 일치하지
않는다.

「7편 되찾은 시간」『잃어버린 시간을 찾아서』

54 우리에게서 분리할 수 없는 몇 년의 세월이
시간의 개념에 합체되어 있다면 나는 이제
그중에서도 게르망트공의 저택에 살면서 보낸
시간들을 부각해보고 싶다. 부모님이 스완 씨를
바래다주던 발소리, 마침내 스완 씨가 떠난 후
어머니가 올라오고 있음을 알려주던 요란하며

경쾌했던 작은 종소리. 나는 그 종소리를, 그
과거의 소리를 여전히 듣는다. 그 소리를 들었던
순간과 게르망트가의 아침 사이에 일어난 여러
가지 일들을 떠올리면서 나는 아직도 내 안에서 그
소리가 울리고 있는 것 같다는 생각에 겁이 났다.
종소리가 어떻게 멈추었는지 정확히 기억할 수
없었고, 소리가 어떻게 사라졌는지 다시 떠올리며
제대로 듣기 위해서는 주변 사람들의 웅성거리는
대화 소리를 더 이상 듣지 않으려고 노력해야
했다. 종소리를 더 자세히 듣기 위해서는 내
안으로 더 깊이 내려가야 했다. (…)
인간의 몸은 과거의 시간들, 이미 지워진 기쁨과
욕망과 추억을 간직하고 있기에 사랑하는
사람들에게 고통을 줄 수 있다. 시간의 질서 안에
놓인 육체를 생각하고 머무는 사람은 소중한 몸을
질투하여 파괴까지 희망하기 때문이다. 죽고 난
후 시간은 몸에서 물러나고, 무심하고 창백해진
추억은 더 이상 존재하지 않는 사람에게서
지워지며 여전히 그 추억으로 고통받는
사람에게서도 사라질 것이다. 살아 있던 육체에
대한 욕망이 더 이상 그들을 지탱하지 못할 때

결국 소멸할 것이다.

「7편 되찾은 시간」『잃어버린 시간을 찾아서』

55   아름다움은 세상 누구나 이해하는 언어이다.

『장 상퇴유』

56   낙천주의는 과거의 철학이다. 일어난 사건들은
여러 가지 경우의 수 가운데 우리가 실제로 알게
된 유일한 사건이고, 그 사건이 우리에게 가했을
고통은 피할 수 없는 것처럼 보이며, 그나마
사건의 발생과 함께 가해지지 않은 고통을
다행스럽게 여긴다.

「6편 사라진 알베르틴」『잃어버린 시간을 찾아서』

57   매일 우리가 가용할 수 있는 시간은 유동적이다.
우리가 열정을 느끼면 시간은 확장되고, 우리가
불어넣는 열정은 시간을 축소시키며, 습관은
시간을 채운다.

「2편 꽃핀 소녀들의 그늘에서」『잃어버린 시간을 찾아서』

58   한 존재는 자신의 존재와 자신이 아닌 것, 즉

출생과 교육으로 인해 나중에 태어난 또 다른
자아를 모르는데, 이 자아야말로 유일하게 중요한
것이다.

『장 상퇴유』

59 우리가 갑자기 이름의 실체를 느끼며 떨고 오늘날
죽은 음절들 속에서 그 형태와 재단된 음을 되찾을
때, 현재 삶의 소용돌이 속에서 이제는 이름에
실용적인 용도만 있을 때, 이름들은 너무 빨리
돌아 모든 색이 사라져 회색으로 보이는 프리즘
팽이 같다. 반면에 우리가 공상 안에서 성찰하고
찾아보고 과거로 돌아가고 속도를 늦추고 영원한
움직임을 중단하려고 할 때, 우리는 다시 모든
색채가 서로 병치되며 우리가 존재하는 동안
동일한 이름이 연속적으로 제시되는 것을 본다.

「3편 게르망트 쪽」『잃어버린 시간을 찾아서』

60 우리는 평생 어떤 미지의 것, 마지막 환상이라
여겨지는 것에 이끌린다.

「3편 게르망트 쪽」『잃어버린 시간을 찾아서』

61 하나의 존재 안에 풍경 전체가 시를 이룬다.
내가 보낸 여름들은 어떤 존재의 모습, 어떤
고장의 모습, 아니 내가 빠르게 섞어버린 존재와
고장에 대한 바람인 꿈의 모습을 하고 있다. 어느
고장까지 데려가려고 했던 존재, 누군가와 같이
있기 위해 방문을 포기했던 고장, 정확하게 알지
못하고 누군가가 거주한다 믿어서 사랑하게 된
고장(물론 내 착오를 알아차린 후에도 그곳의 특별함은
남아 있었다), 지나가는 자동차 냄새가 이 모든
즐거움을 나에게 제공했고 여름, 활력, 자유,
자연, 사랑의 냄새라는 새로운 즐거움도 느끼게
해주었다.

『생트뵈브에 반하여』

62 잠든 사람 주위에는 시간의 흐름과 세월과 세상의
궤도가 맴돈다.

「1편 스완네 집 쪽으로」『잃어버린 시간을 찾아서』

63 한 사람의 삶 속에서 연속되는 순간들을 살펴보면
각 단계마다 수준이 다른, 꼭 점점 높아지는 것은
아닌 사회환경에 몸담게 되는데, 살아가면서 서로

다른 집단에 애착을 느끼고 긴밀한 관계를 맺게
된다.

「2편 꽃핀 소녀들의 그늘에서」 『잃어버린 시간을 찾아서』

64 인간의 덕목은 자유롭고 안주하지 않으며 그래서
항상 가용할 수 있는 상태로 있는 것이 아니라
우리 머릿속에서 우리가 해야 한다고 생각하는
일련의 행동들과 아주 밀접하게 결합해 있기에
그 덕목을 활용해야 한다는 생각을 못 한 다른
영역에서 갑자기 필요해지면 낭패를 보게 된다.

「2편 꽃핀 소녀들의 그늘에서」 『잃어버린 시간을 찾아서』

65 어떤 초월적인 현실은 군중이 민감하게 반응하는
광선을 주위로 방출하는 듯하다.

「2편 꽃핀 소녀들의 그늘에서」 『잃어버린 시간을 찾아서』

66 내가 잘 모르는 지방 대도시나 파리의 어느
동네에서 행인이 알려준 길 끝자락에 표지 같은
병원 종탑이 마치 수녀원의 종탑처럼, 내가 가야
하는 길 끝에 성직자의 모자처럼 사리고 있을
때, 내 기억이 소중한 추억을 더듬어 유사한

형태를 찾아보려 할 때, 안내해준 행인은 내가
길을 잃지나 않았는지 돌아보고 나는 마음먹었던
산책 또는 가던 길도 잊은 채 종탑 앞에 서서
기억하려 애쓰고, 망각에서 되찾은 말라가고
새롭게 구축되는 영역을 느끼는 나를 본다. 아마도
나는 조금 전보다 더 간절하게 그 행인에게 길을
물어볼 것이고, 여전히 길을 찾아 모퉁이를 돌
것이다…… 그렇지만…… 길은 내 마음속에
있었다…….

『시평집』

67   아무리 하찮아 보이는 사람이라도 그 사람을 알기
     전과 후에, 우리와 관련하여 그 사람의 위치가
     변화하는 것보다 우리에게 외적인 현실감을
     강력하게 주는 것은 없다.
     「2편 꽃핀 소녀들의 그늘에서」『잃어버린 시간을 찾아서』

68   인생은 우리가 끊임없이 다시 해보는 번역과 같다.
     「7편 되찾은 시간」『잃어버린 시간을 찾아서』

69   나는 특별한 얼굴을 통해 우리에게 새로운 행복의

가능성을 말하는 존재를 알아본다. 아름다움은
특별해서 행복의 가능성을 배가한다. 각각의
존재는 우리에게 열려 있는 아직 알려지지 않은
이상과 같다. 알지 못했던 아리따운 얼굴은
지나가면서 우리가 원하는 새로운 삶을 연다.
우리는 길모퉁이를 돌며 사라지는 그 얼굴을 다시
보고 싶어 하고, 우리가 예상한 것보다 다양한
삶이 있다고 생각하게 되며, 그런 생각은 우리를
더욱 가치 있는 사람으로 만들어준다. 우리 앞을
지나간 새로운 얼굴은 책을 통해 알게 된 매혹적인
새로운 나라와도 같다. 그의 이름을 읽으니 기차가
곧 떠나려고 했다. 우리는 떠나지 않는다 해도
그가 존재한다는 것을 알고 있고, 그것으로 충분히
살아갈 이유가 된다. 창밖을 내다보며 매 시간 내
주변에서 느끼는 삶의 현실과 가능성에는 수많은
행복의 가능성이 내포되어 있음을 확인했다.

『생트뵈브에 반하여』

70　같은 기억력을 지녔어도 두 사람이 동일한 것을
　　기억하지는 않는다.

「7편 되찾은 시간」『잃어버린 시간을 찾아서』

71 육체적 질병의 횡포와 회복에 대한 희망을 빼앗겨
기억이 간직한 추억을 회상하면서 즐거움을
느끼는 경우가 종종 있는데, 자신의 추억과 비슷한
그림을 자연에서 찾고, 자신이 곧 그렇게 할 수
있을 것이라는 믿음으로 욕망과 욕구를 간직한
채, 그것을 단지 추억이나 그림처럼 생각하지 않게
한다.

「5편 갇힌 여인」『잃어버린 시간을 찾아서』

72 조금의 꿈이 위험하다면, 그중에서 치유하게 하는
것은 조금의 꿈이 아니라 더 많은 꿈이다.

「2편 꽃핀 소녀들의 그늘에서」『잃어버린 시간을 찾아서』

73 세상을 떠난 사람들의 영혼이 하위 존재들,
즉 동물, 식물, 무생물 등에 깃들어 있다가
우리가(많은 사람에게 이런 기회가 거의 없겠지만)
그들이 갇힌 나무나 어떤 대상 근처를 지나가면서
알아보자마자 움찔하며 우리를 부르고, 그
즉시 마법이 깨진다는 켈트족의 믿음은 아주
타당하다고 생각한다. 우리를 만나 자유의 몸이 된
그들은 죽음을 이겨내고, 우리와 함께 살기 위해

돌아온다.

「1편 스완네 집 쪽으로」『잃어버린 시간을 찾아서』

74 천국은 아마도 여전히 너무 행복해서 웃을 수 없는
곳일 것이다.

「7편 되찾은 시간」『잃어버린 시간을 찾아서』

75 우리가 살아가면서 스스로를 견뎌낼 수 있도록
삶은 우리의 단점을 완화시킨다.

『장 상퇴유』

76 강요된 도덕적 충격의 연장인 고통은 형태를
바꾸기 위해 애쓰고, 우리는 다양한 계획을 세우며
정보를 취하면서 고통을 휘발시켜보려고 한다.
고통이 수많은 변화를 겪게 하는 것은 고통 자체와
마주하는 것보다는 용기가 덜 필요하다.

「6편 사라진 알베르틴」『잃어버린 시간을 찾아서』

77 인간은 자신에게서만 나올 수 있는 존재이고 자신
안에서만 타자를 인식하나, 반대로 이야기하면서
거짓말을 한다.

「6편 사라진 알베르틴」『잃어버린 시간을 찾아서』

78 공간에 기하학이 있듯 시간에는 심리학이 있는데,
    평면적인 심리 계산이 정확하지 않은 이유는
    시간과 시간이 표현하는 다양한 형태, 망각을
    고려하지 않기 때문이다. 나는 망각의 힘을 느끼기
    시작했고, 망각은 우리 안에 잔재하는 과거가
    현실과 모순되는 부분을 차츰 파괴하면서 현실에
    적응하게 만드는 강력한 도구이다.

    「6편 사라진 알베르틴」『잃어버린 시간을 찾아서』

79 인생은 한 편의 소설과 같아서 읽을 줄 알아야
    한다.

    『장 상퇴유』

80 자연은 단기적인 질병만 줄 수 있는 듯하다.
    만성질환을 낳은 것은 바로 의학이다. (…) 의학이
    거의 자연과 동등해져 사람들로 하여금 병석을
    지키게 하고 사망의 위협 아래 복약을 지속하게
    만드는 것은 정말 놀랍다.

    「5편 갇힌 여인」『잃어버린 시간을 찾아서』

81   이제 꿈속에서나 다시 나타날 그 감각들은 지나간
      세월을 특징짓고 그다지 시적이지 않아 보여도 그
      시절의 모든 시를 내포한다. 마치 여전한 추위에
      휴일을 망치고 점심때 불을 지피게 하던 당시의
      부활절 종소리와 겨울의 첫 제비꽃만큼 꽉 찬
      것은 없는 듯하다. 내 꿈속에 몇 번 되살아난 이
      감각들이 뿌리가 땅에 닿지 않은 수생식물처럼
      하얗게, 현재의 내 삶과 분리되어 시적으로
      느껴지지 않았다면 감히 언급할 수는 없었을
      것이다.

      『생트뵈브에 반하여』

82   사회적 조건의 고하든 예지력의 차이든 그 무엇도
      한 사람이 다른 한 사람의 삶을 소유하게 만들지는
      못한다.

      「6편 사라진 알베르틴」『잃어버린 시간을 찾아서』

83   과거로부터 오늘을 완전히 분리하는 것은
      불가능할 뿐만 아니라 불경한 일이다.

      『시평집』

84 접시에 닿던 스푼 소리와 망치가 기차 바퀴를
두드리는 소리, 게르망트가와 산마르코대성당
세례당 정원의 포석 위를 걷던 불규칙하고 동일한
발소리를 듣는 순간 행복에 전율하며 내 존재가
다시 태어났다. 이 존재는 사물의 본질만을 취하며
거기에서만 양식과 즐거움을 구한다. 그는 감각이
가져다주지 못하는 현재를 관찰하는 일, 지성이
메마르게 하는 과거를 생각하는 일, 현재와 과거의
파편을 가지고 의지로 구축하는 미래를 기다리는
일에 나른해한다. 그 의지는 실용적인, 좁은
의미에서 인간적인 용도에 적합하지 않은 현실은
제거한다. 이미 들었던 소음, 한번 들이마신
냄새가 현재와 과거 모두에서 동시에 들리고
느껴지게 하려면 현재는 아니지만 실제적인,
추상적이지 않고 이상적인, 즉 사물에 항시 숨겨진
영구한 본질이 해방되고 우리의 진정한 자아,
오랫동안 죽은 것처럼 보이던 자아가 천상의
자양분을 받아서 깨어나 생명력을 되찾아야 한다.
시간의 질서에서 벗어난 1분 동안 인간은 시간의
질서에서 해방된 느낌을 받는다. 그리하여 그는
자신의 기쁨을 확신하게 되는데, 마들렌의 단순한

맛이 이 기쁨의 이유라는 사실이 논리적이지 않아
보일지라도, 그에게 '죽음'이라는 단어가 더 의상
의미가 없으니 가능하다. 시간의 질서를 벗어난
사람이 미래를 두려워할 이유가 있을까? 그러나
과거와 현재는 양립할 수 없으므로 이 오인의
순간은 지속되지 않는다. 물론 의식적인 기억력을
동원하여 이 장면을 지속하게 하는 일은 그림책을
넘기는 것보다 노력을 더 필요로 하지는 않을
것이다. (…) 따뜻한 허브티에 마들렌을 담갔던
날처럼, 내가 나 자신을 발견한 장소(파리의 내
방이든 오늘 내가 서 있는 게르망트 공작의 서가든 조금
전 있었던 호텔 앞 정원이든)에서처럼 내 주변의
작은 부분을 비추며 이곳에서 공통적으로 느낀
감각(티에 담근 마들렌, 금속성, 발소리), 또는 다른
곳(옥타브 고모의 방, 기차 칸, 산마르코대성당의
세례당)에서 느낀 감각이 존재했다.

「7편 되찾은 시간」『잃어버린 시간을 찾아서』

85   어떤 화학반응에 의해 시간이 점진적으로
     망각을 가져온다면, 그것은 망각이 시간의
     개념을 근본적으로 바꾸지 않고서는 불가능하다.

공간에서처럼 시간에도 착시가 있다.

「6편 사라진 알베르틴」『잃어버린 시간을 찾아서』

86 낱말은 사물에 대해 명쾌하게 통용되는 작은
이미지를 제시한다. 이를테면 아이들에게 작업대,
새, 개미집이 무엇인지 보여주기 위해 학교 벽에
걸어놓은 동일한 종류의 그림과 같다. 그러나
이름은 사람에 대해 선명하거나 어두운 음색
또는 사용된 공정의 문제나 장식가의 변덕으로
하늘, 바다, 배, 교회, 행인 모두가 파란색 또는
붉은색으로 균일하게 칠해진 포스터 색의 모호한
이미지를 보여준다.

『장 상퇴유』

87 어떤 질병으로 시한부 인생이 되지는 않더라도,
삶의 유한성을 설사 모른다 해도 우리 모두는
필연적으로 죽는다. 그런데도 존엄하게 세상을
하직하기 위해 죽음에 대해 생각해보는 일을
거부하는 경우가 많다.

『익명의 발신인』

88 우리는 위인이 출생하거나 사망한 장소를
방문한다. 그러나 위인이 무엇보다도 좋아하며
방문했던 장소, 그가 감탄하던 장소의
아름다움보다 우리가 아끼는 위인의 책에
스며든 장소가 더 중요하지 않을까? 영국 사상가
러스킨의 것이 하나도 남아 있지 않은 무덤은
허상일 뿐인데 왜 맹목적으로 숭배하는가.

『모작과 잡록』

89 인간에게 가장 공정하고 가장 잔인한 망각은
묘지에 있는 것처럼 완전하고 평화로운 상태가
되게 하는 형벌로, 우리는 더 이상 사랑하지 않는
사람들에게서 벗어나면서 아직 사랑하는 사람들에
대해서도 망각이 불가피하다고 예감한다. 망각은
고통스러운 상태가 아니라 무관심의 상태라는
것을 우리는 알고 있다.

「6편 사라진 알베르틴」 『잃어버린 시간을 찾아서』

90 사람들의 이름처럼 장소에 대한 망각이야말로
죽음이 우리에게 강요하는 가장 깊은 애도이다.

「7편 되찾은 시간」 『잃어버린 시간을 찾아서』

91 어느 날 죽을 것이라는 생각은 죽음보다 더
끔찍하지만 다른 사람이 죽었다는 생각보다는 덜
끔찍하다. 소용돌이 하나 없이 누군가를 집어삼킨
후 그 존재가 아무런 흔적 없이 배제된 현실이
펼쳐지고, 그 현실에는 의지도 생각도 남아 있지
않으며, 그가 존재했다는 생각으로 돌아가기가
어려운 것처럼 죽기 직전의 추억에서 그가 읽은
소설 속의 존재감 없고 아무런 기억도 남기지 않는
등장인물의 이미지와 유사해졌다고는 생각하기
어렵다.

「6편 사라진 알베르틴」『잃어버린 시간을 찾아서』

92 인생은 일련의 그림이고, 각 그림은 추억이 된다.

『장 상퇴유』

93 오래전 브르타뉴 지방의 한 전설에서는 죽은
사람의 영혼이 그가 키우던 개나 그가 살았던
집의 문턱, 팔찌 등에 깃들어 과거 자신과 만난
적이 있던 사람이 지나갈 때까지 한없이 자리를
지킨다고 한다. 그러다 살면서 만난 적 있는 사람이
지나가면 생전의 모습을 되찾는다고 한다. 사후

세계에 관한 다양한 믿음 중에 가장 믿을 만한
것 같다. (…) 왜냐하면 살면서 내가 사용한 많은
물건 중 대다수가 죽고 적어도 그렇다고 믿었는데,
사실은 작은 사물 안에 들어가 나를 만나기 전까지
죽은 상태에 머무는 것이었다. 지적인 사고를
통해 과거를 환기해보려 해도 내 노력이 거기에
도달하지 못했다. 나는 지금까지 내 과거의 주요한
부분이 이미 죽었다고 생각해왔다. 여름을 보내던
정원, 그 시절 내 마음을 어지럽히던 고민들, 그때
그 하늘, 굳은 빵을 적시던 따뜻한 작은 찻잔에 내
가족의 삶이 담겨 있다는 사실을 내가 어떻게 알 수
있었겠는가. (…) 그런데 며칠 전, 아주 추운 겨울
어느 날, 몸이 꽁꽁 얼어 외출에서 돌아온 나는…….

『익명의 발신인』

94 인과관계의 작업은 거의 모든 가능한 결과를
만들어내고, 그러다 보니 불가능해 보였던
결과까지 낳는다. 이 작업은 때때로 느리며,
작업을 가속화하려고 함으로써 방해받거나 우리
존재 자체로 더욱 느려지기도 하고, 우리가 욕망을
멈추거나 때로는 삶이 멈추었을 때 결실을 맺기도

한다.

「2편 꽃핀 소녀들의 그늘에서」 『잃어버린 시간을 찾아서』

95 시간은 여러 요소들 간의 관계일 뿐이다.

「7편 되찾은 시간」 『잃어버린 시간을 찾아서』

96 잠결에 나는 파도가 마치 스테인드글라스 창문처럼 잔잔한 바다 한가운데의 고딕 도시를 보았다. 바다가 그 도시를 둘로 나누었다. 내 발밑까지 푸른 물결이 펼쳐져 있었다. 바닷물은 반대편 강둑의 동방교회와 14세기에도 여전히 존재했던 집들까지 이어져, 그 방향으로 가는 길이 흡사 시대를 거슬러 올라가는 것 같았다. 자연이 예술을 배운 이 꿈, 바다가 고딕으로 변한 이 꿈, 내가 욕망했던 이 꿈, 불가능까지 도달할 수 있다고 믿었던 이 꿈을 자주 꾸었던 것 같다. 하지만 자면서 하는 생각은 과거에 있었던 일을 계속 반복하는 것이며, 새로운 것도 익숙하게 느끼기 때문에 내가 착각했다고 여겼다. 오히려 이런 꿈을 자주 꾸었다는 사실을 깨달았다.

「3편 게르망트 쪽」 『잃어버린 시간을 찾아서』

97 한 사람의 정신 수준은 그 사람의 출신과는 관련이 없다.

「7편 되찾은 시간」『잃어버린 시간을 찾아서』

98 우리는 그냥 죽음이라고 말하지만 사실은 사람의 수만큼이나 죽음은 다양하다. 운명의 지휘에 따라 사방으로 흩어져 이런저런 사람을 향해 전속력으로 질주하는 역동적인 죽음을 어떻게 표현해야 할지 모르겠다. 바로 이 죽음의 다양한 모습, 죽음의 경로의 신비, 치명적인 자락의 색깔 때문에 신문의 부고는 때때로 아주 인상적인 표현으로 정리된다.

「5편 갇힌 여인」『잃어버린 시간을 찾아서』

99 과거는 여전히 현재형이다.

「7편 되찾은 시간」『잃어버린 시간을 찾아서』

IV

동시대 시민으로

1   시대의 흐름에 혼란을 느낀 젊은이들의 반란은
매우 자연스러운 현상으로 문학, 시, 연극 등
다양한 분야에서 그런 움직임이 존재한다. 이와
같은 반항은 숨 쉬는 공기, 우리가 받는 교육 속에
잠재한다. 그런데 시대의 흐름에 맞서기 위해서는
강한 의지가 필요하다.

『생트뵈브에 반하여』

2   전쟁은 한없이 계속되었고, 수년 전부터 믿을
만한 소식통을 통해 평화를 위한 협상이
시작되었다며 평화조약의 조항을 구체적으로
이야기하던 사람들은 자신들의 잘못된 소식에
관해 사과하려는 성의도 없었다. 그들은 이미 그
이야기를 잊어버렸고 자신들조차 금방 잊어버린
또 다른 소식들을 전파할 준비가 되어 있었다.
독일군의 폭격기가 끊임없이 공격하고, 경계를
늦추지 않는 프랑스 전투기의 굉음으로 공기는
계속 윙윙거리며 진동했다. 그러나 때로는
소방관들이 경보가 종료되었음을 알릴 때까지
전쟁 이후 유일하게 들을 수 있었던 독일 오페라
〈발키리〉의 가슴 아픈 소리 같은 사이렌이

울렸다. 해산 나팔은 숨어 있는 아이처럼 규칙적인
간격으로 좋은 소식을 알리며 기쁨의 소리를
내질렀다.

「7편 되찾은 시간」『잃어버린 시간을 찾아서』

3   종교와 정치는 서로 아무런 연관이 없으며
성직자들에게 가혹해도 신앙심은 깊을 수 있다는
점을 인류에게 알려주는 일은 꼭 필요해요.

「어머니에게 보낸 편지(1904. 8. 11. 추정)」『프루스트 서한집』

4   탈진한 드레퓌스에게 다시 용기를 내어
소송하라고 요청하는 판사들이라니, 프랑스
군대와 프랑스에 정말 불행한 일이에요. 어쩌면
이미 완전히 훼손된 정신력을 동원해야 하는
노력이 드레퓌스를 지탱해줄 거예요. 이제
종결되어가고 있으니까요. 사회적 인정을
되찾았고 신체적 자유를 돌려받았으니 더
나아지는 일만 남았어요. (…) 이런 판결이 이해가
안 되지는 않아요. 판결문은, 판사들도 드레퓌스의
혐의에 의구심을 갖고 있다는 명확하면서도
사악한 자백이나 다름없으니까요.

「어머니에게 보낸 편지(1899. 9. 10.)」『프루스트 서한집』

5   유행은 절대적 권력을 지닌 현상이다. 유행이
무엇인지 잠시 시간을 할애하여 살펴보자. 언뜻
보기에 작년의 드레스가 올해 새롭게 등장한
드레스에 비해 별로 꿀리지 않을 만큼 올해의
드레스에는 미세한 변화만 있다고 믿게 한다.
아! 뉘앙스만 아니었다면! 하지만 뉘앙스가 너무
다르다! 뉘앙스를 보면 영향을 받을 수밖에 없고,
과거를 잊고, 생각을 개방하고, 지갑은 더욱더
열어서 디자이너들의 전략에 답할 수밖에 없다.
낮에는 드레이프나 라마 소재의 짙은 녹색,
보라색, 남색 드레스가 좋다. 길이가 길어서 걷기
불편한 것을 제외하면 어두운 색상의 심플한
스타일이어서 '트로터'라고 부르기 적합하지만,
나는 기꺼이 거리 청소용 드레스라 부르고 싶다.
무엇보다 중요한 것은 바로 의복이다. 짧은 재킷이
잊혔다는 사실은 정말 놀랍다. 기다란 코르셋을
입으려면 로툰다 스타일 또는 루이 15세처럼 긴
재킷 외에는 방도가 없다. 처량하게 한숨을 쉬는
부인, 당신은 작년에 수달 모피를 구입하느라 눈이

튀어나올 정도로 비싼 값을 치렀는데, 이 빌어먹을
유행이 모피를 포기하게 만드는군요!

『예술에 관하여』

6   우리가 전쟁에 골몰한 나머지 승리한 날 저녁에
     다정하고 기쁜 말보다 다시는 볼 수 없는 사람들
     생각에 숙연해질 수밖에 없었습니다. 한없이
     느리게 진행된 시작과 그다음을 생각하면
     알레그로 프레스토로 끝맺는 이 피날레는 얼마나
     황홀합니까! 운명이란, 운명의 도구였던 사람이란
     얼마나 극적인지!

「독일이 휴전협정에 서명한 날 스트로스 부인에게 보낸 편지
(1918. 11. 11.)」 『프루스트 서한집』

7   군인들의 애국정신은 진지하고 깊어서 신성이라고
     믿는 결정적인 형태를 부여하기에 이르렀고,
     누군가 그것을 비난하면 그들은 분노했다.
     반면에 신앙이 없고 무의식적이며, 독립적이고
     명확한 애국자들, 급진적 사회주의자들은 헛되고
     증오스러운 공식이라고 믿는 것 속에 어떤 심오한
     현실이 존재하는지 이해할 수 없었다.

「7편 되찾은 시간」『잃어버린 시간을 찾아서』

8   사교계 사람들은 샤를뤼스 남작에 열광하던
     사실을 잊었는데 그를 너무 잘 알게 되어서가
     아니라 그의 진정한 지적 가치를 전혀 알지 못했기
     때문이었다. 그저 그를 유행 지난 전쟁 이전의
     사람이라고 치부해버렸는데 그렇게 평가하는
     사람들 스스로가 평가를 할 역량 없이 그저 유행에
     따라 판단하는 것이었다.

「3편 게르망트 쪽」『잃어버린 시간을 찾아서』

9   모든 죄에 자비를. 드레퓌스주의에 대한 망각은
     무엇보다 드레퓌스주의자들에게 더욱 그러했다.
     정계에는 더 이상 드레퓌스파가 없었다. 왜냐하면
     그들은 정부 내각에 들어가기 위해 한동안 누구나
     드레퓌스파였고 그것은 반드레퓌스주의자들,
     드레퓌스주의와 정반대인 반애국주의, 반종교,
     무정부주의를 대표하던 자들도 마찬가지였다.
     따라서 봉탕 씨가 당시의 모든 정치인처럼
     드레퓌스주의자였다는 사실은 피부 밑의
     뼈만큼이나 눈에 띄지 않는 구성 요소였다. 아무도

그가 드레퓌스파였음을 기억하지 못했다. 사교계
사람들은 주의력이 부족하고 망각을 잘하는
데다가 드레퓌스사건은 이미 오래전 일이었고,
그들이 오랫동안 기억하는 척해도 전쟁 발발 전에
일어난 일들은 전쟁으로 인해 어딘가 심오했고,
지리적이나 시대적으로 긴 시간을 모의하는
무언가에 의해 단절되었기 때문이다. 그래서
브리쇼 씨 자신도 드레퓌스사건에 대해 암시할
때 '그 선사시대에'라는 표현을 썼다. 진실을
말하자면, 전쟁이 가져온 심오한 변화는 적어도
어느 정도 전쟁의 영향을 받은 정신적 가치에
반비례하는 것이었다. 가장 밑바닥의 순수한
바보들, 순전히 쾌락만 추구하는 자들은 전쟁 중인
것을 전혀 개의치 않았다. 가장 위에 있는 사람들,
전쟁을 내면화한 사람들은 사건의 중요성을 별로
고려하지 않았다. 이들의 생각의 질서를 완전히
뒤바꾼 것은 그 자체로 중요하지 않아 보이는
것, 그들을 삶의 다른 시기의 동시대인으로
만들어 시간의 질서를 뒤집는 것이었다. 그들에게
아름다움을 느끼게 한 글들을 보면 더욱 잘
이해된다. 몽부아시에 공원에서 지저귀는 새,

물푸레나무의 향을 실어오는 산들바람 등은
프랑스혁명이나 제정 시대의 중대한 사건에
비하면 영향력이 거의 없는 것들이다. 그러나 이
장면들은 샤토브리앙의 『묘지 저쪽의 회상』에
훨씬 더 큰 가치가 있는 영감을 제공했다. (…)
이제 사람들은 드레퓌스파와 반드레퓌스파라는
단어는 무의미해졌다고 말하고는 했는데 똑같은
사람들에게 독일인을 경멸적으로 부르는 보쉬라는
단어가 몇 세기 뒤에, 아니 그보다 더 일찍
상퀼로트(혁명적 민중 세력), 슈앙(반혁명왕당파),
블루(귀족) 같은 단어처럼 그저 호기심이나
자극하는 말이 될 것이라고 하면 놀라거나 분노할
터였다.

「7편 되찾은 시간」『잃어버린 시간을 찾아서』

10   정치가 사교계에 개입하는 것을 원치 않는 사교계
     여성들은 정치가 군대에 개입하는 것을 원치 않는
     군인들처럼 용의주도하다.

「5편 갇힌 여인」『잃어버린 시간을 찾아서』

11   오후 티타임이 끝나기 전 해 질 무렵, 여전히

해가 남아 있는 하늘에 작은 갈색 점들을 볼 수
있었는데, 예전 같았으면 푸른 저녁 날아드는
파리나 새라고 생각했을 법한 점들이었다. 멀리서
구름이라고 해도 믿을 만한 산도 보였다. 그런데
구름이 엄청나게 크고, 고체처럼 형체가 변하지
않는 것에 놀랐고 하늘에 떠 있는 갈색 점들이
파리나 새가 아니라 파리를 수호하는 병사들의
비행기임을 알고 또 놀랐다. 알베르틴과 베르사유
근교에서 함께했던 마지막 산책에서 비행기를
봤을 때의 느낌은 지금 감정에 비하면 아무것도
아니었다. 게다가 나는 그 산책에 대한 추억에
무관심해졌다.

「7편 되찾은 시간」『잃어버린 시간을 찾아서』

12 인생이 아무리 짧다고 해도, 저는 감히
우리의 우정이라고 말씀드리지 못하지만
부인께서는 기꺼이 그렇게 말씀하시는 그 기간
동안 드레퓌스사건, 전쟁 등 정말 많은 일을
겪었습니다.

「스트로스 부인에게 보낸 편지(1919. 10. 31.)」『프루스트 서한집』

13   전문가의 명예를 걸고 진실에 대해서, 오직
      진실만을 존중하라고 배운 학문적 정언에 따라
      유일하고 과감한 목소리를 듣는 것은 기쁘면서도
      힘찬 감동을 느끼게 한다. (…) 폴 메이예는
      지금까지 졸라에 대해 딱히 염려를 한 적도 없고
      그를 위해 어떤 조치도 할 이유가 없는 사람으로,
      오히려 전쟁 장관의 절친이었음에도 졸라가
      진실을 주장하고 있으며 군사 당국으로부터
      여러 압력을 받는다는 사실을 안 후 졸라의 편을
      들면서 문서에 쓰인 가느다란 필체와 곡선을
      근거로 "이 글씨는 드레퓌스 것일 리가 없다고
      맹세합니다"라고 기꺼이 말했는데, 이 말이
      감동적인 까닭은 과학적 근거에 따른 추론이자 이
      사건에 대한 의견들과 무관하게 도출된 결론이기
      때문이며 그러므로 일종의 진실성, 유일한
      진실성을 느낄 수 있다.

      『장 상퇴유』

14   유행은 변화의 필요에서 나온 만큼 계속 변화할
      수밖에 없다.

      「2편 꽃핀 소녀들의 그늘에서」『잃어버린 시간을 찾아서』

15   전쟁 중에 다시 돌아온 파리는 처음 왔을 때와는
     많이 달라진 상태였다. 1914년에 의사를 만나러
     돌아왔고 이후에는 요양원으로 돌아갔다. 1916년
     파리로 돌아온 첫날 저녁 유일하게 관심을 가졌던
     전쟁에 관한 이야기를 듣고 싶어서 베르뒤랭
     부인을 만나러 갔다. 부인이 당시 총재정부 시대를
     생각나게 하는, 밤의 여왕으로 불렸던 봉탕
     부인과 같이 있었기 때문이다. 소량의 효모를
     뿌려 자연적으로 생성된 듯한 이 젊은 여성들은
     프랑스혁명 시대의 탈리앵 부인과 동시대인들이나
     썼을 법한 원통형의 긴 터번을 종일 쓰고 다녔고,
     짧은 치마 위에 전시를 의식한 시민 정신의
     발로로 곧고 어두운 색의 이집트 튜닉을 입었다.
     또 혁명기 탈마의 복장을 연상시키는 가죽끈이
     달린 부츠 또는 소중한 우리 군사들의 각반이
     떠오르는 신을 착용했다. 그녀들은 전사들의
     눈을 즐겁게 해주어야 한다는 점을 잊지 않았기
     때문에 흐릿한 치장뿐 아니라 군대에서 나오거나
     가공한 보석 소재가 아니더라도 그 장식적 효과가
     군대를 연상시키는 장신구를 착용한다고 했다.
     이집트 원정을 떠올리게 하는 장신구 대신에

포탄 파편으로 만든 반지나 팔찌, 싸구려 라이터
벨트, 시가 라이터가 있었는데, 시가 라이터에는
한 병사가 참호에서 마치 피사넬로가 그린 듯한
빅토리아 여왕의 고색창연한 초상을 새겨놓았다.
또한 그녀들은 항상 전쟁에 대해 생각해서 병사
중 누군가가 전사하면 사망자를 위해 애도하는
중에도 전사자의 '자부심을 간직'하게 하는 흰
영국 크레이프 모자(우아함과 더불어 결정적 승리에
대한 불굴의 희망을 주는)를 쓰고, 과거의 캐시미어를
새틴이나 실크 모슬린으로 대체하고, 진주는
그대로 착용함으로써 '프랑스 여성들은 재치 있고
행동에 시정이 필요 없다는 점'을 보여주었다.

「7편 되찾은 시간」『잃어버린 시간을 찾아서』

16   드레퓌스사건의 서명자 명단에 제 이름이
올랐다고 제가 크게 보태는 것은 없습니다. 그래도
서명을 한 자체가 중요하다고 생각합니다. 그런
명분 있는 일의 주춧돌에 이름을 새길 기회를
놓쳐서는 안 됩니다.

「〈르 시에클Le Siècle〉 편집장 이브 기요에게 보낸 편지(1909. 1. 19.)」

『프루스트 서한집』

17 샤를뤼스 남작은 딱한 상황에 처해 있었다. 평생
    패배자의 입장을 생각하면 괴로웠기에 그는 늘
    약자의 편을 들어왔고, 처벌받는 사람의 고통을
    몸소 느끼는 듯해서 사법적 처벌에 관한 소식을
    신문에서 피하곤 했고, 판사나 사형 집행인과
    '정의가 실현되었다'고 기뻐하는 대중들을 죽일
    수 없다는 사실에 고통받아왔다. 전쟁 중에도
    프랑스가 패배할 리 없다고 확신했고, 반대로
    독일인들은 기아에 시달리며 조만간 승자의
    처분을 받으리라는 사실을 알고 있었다. 그는 이런
    생각 때문에 자신이 프랑스에 살고 있다는 사실이
    불쾌하게 느껴졌다.

    「7편 되찾은 시간」『잃어버린 시간을 찾아서』

18 거리는 순식간에 어두워졌다. 간간이 적군의
    폭격기가 낮게 비행하며 폭탄 투하 지점을 밝혔다.
    내가 가려는 길을 찾을 수 없었다. 라스펠리에르에
    갔을 때 신처럼 나타나 내 말을 넘어뜨린 비행기를
    본 날이 떠올랐다. 그러나 오늘의 만남은 전혀
    다른 느낌이었고, 악의 신이 나를 죽일 것만
    같았다. 나는 높은 파고를 피해 달리는 여행자처럼

걸음을 서둘렀지만, 온통 어둠이 내린 거리
한자리에 맴돌 뿐 벗어날 수 없었다. 마침내
폭격으로 난 불의 불꽃이 길을 밝혀주었고, 포탄
소리가 끊임없이 울리는 길 한복판에서 내가 가야
할 골목을 발견하게 되었다.

「7편 되찾은 시간」『잃어버린 시간을 찾아서』

19 드레퓌스주의는 스완을 아주 단순하게 만들었고
세상을 보는 방식에서 오데트와의 결혼과는 또
다른 작동 방식, 일종의 탈선을 유도했다. 이러한
실추는 사실상 그의 신분 탈환이라고 부르는
것이 마땅하며 그에게는 더욱 영예로운 일이었다.
왜냐하면 바로 그의 가족의 본래 신분, 귀족들과의
잦은 교제로 얻은 입지를 그가 되찾게 해주었기
때문이다.

「3편 게르망트 쪽」『잃어버린 시간을 찾아서』

20 개인의 범죄라면 몰라도 집단범죄에 가담하는
짓은 용서해서는 안 된다. 사제레 부인은 나의
아버지가 반드레퓌스주의자라는 사실을 알자마자
자신과 아버지 사이에 대륙과 세기의 거리를

두었다. 그 정도 시공간만큼의 거리라면 인사를
하지 않아도 아버지가 알아차리지 못할 것이었고,
백작 부인은 둘을 갈라놓는 세계를 넘어설 악수나
대화를 생각하지 않아도 됐다.

「3편 게르망트 쪽」『잃어버린 시간을 찾아서』

21   이 세상의 평화는 정신 상태가 불안정하며
매번 같은 사람들을 만나다 보니 성을 잘 내는
외교관들에 달려 있다. 생각이 편협한 어떤 대사가
어떤 외교부 장관과 사이가 멀어지면 유럽의
평화가 위태로워지는 것이다. 그들은 사람이지
기관이 아니기 때문이다. 세상의 균형은 이처럼
허영심의 유약한 구조에 의존하고 있어서 평화가
지속된다는 것은 기적이라고 할 수 있다.

「3편 게르망트 쪽」『잃어버린 시간을 찾아서』

22   게르망트 공작 부인은 때로는 드레퓌스사건과
공화국과 반종교적 법률에 대한, 때로는 그들
자신과 자신들의 결함, 지루한 대화, 그들이
눈치채지 못하는 척해야 했던 반성에 대한
생각들을 낮은 목소리로 던지며 대화를 주도했다.

의심의 여지 없이 그들이 이전처럼 대화를
유지하는 것은 세속적인 미감의 세련된 교육,
사교계의 깊은 조예와 사회적 주제에 대한
훌륭하고 완벽한 지식을 통해서였을 것이다. 전혀
혼합되지 않고 변질되지 않는 익숙한 취향, 내용을
제공하는 사람만큼 그 기원과 역사를 잘 알고
있었기에 가능한 것은 아니었을까. 그런 점에서
그들은 자신들이 생각하는 것보다 더 고귀하게
남아 있었다.

「3편 게르망트 쪽」『잃어버린 시간을 찾아서』

23 조국을 사랑하지 않는 사람은 전쟁 중에 조국을
욕하지는 않아도 패배할 것이라 믿으면서
동정하고 암울한 생각을 한다.

「3편 게르망트 쪽」『잃어버린 시간을 찾아서』

24 투명하고 바람 한 점 안 부는 밤이었다. 나는
센강에 반사되는 아치형 교각의 상판 이미지가
보스포루스해협과 닮았을 것이라고 상상했다.
그리고 샤를뤼스 남작의 패배주의가 예언한 이
침공의 상징, 프랑스 군대와 우리 무슬림 형제들의

협력을 상징하는 좁다랗게 휘어진 달은, 파리의
하늘을 초승달의 동양적인 기호 아래 놓아둔
것처럼 보였다.

「7편 되찾은 시간」『잃어버린 시간을 찾아서』

25 외교관 중 일부는 자신들이 살롱을 돌아다니면서
세상 일을 유지하게 만든다고 생각하는데, 사실
그들이 유지하는 것은 단지 개인의 야심일 뿐이다.
그들이 생각하는 세상의 균형은 여러 사정들,
사교계의 편견과 자신들의 이기심 사이의 균형일
뿐이다. 유럽이 이렇게 유지되는 것은 사실 기적
덕분이고, 이 기적은 어떤 기관이나 협약이 아니라
기분 좋은 만찬이나 호의적인 말의 우연에 따른
것이다.

「3편 게르망트 쪽」『잃어버린 시간을 찾아서』

V

감정과 정념의 인간

1   사랑은 아주 단순한 것이다. 다만 이해하기는
어렵다.

『장 상퇴유』

2   스완은 오데트를 바라보았다. 그녀의 얼굴과
몸이 벽화의 일부 같았고, 스완은 그때부터 항상
오데트에게서 그 모습을 찾으려고 노력했다.
오데트와 함께할 때든 그녀에 대해 생각할
때든 스완은 의심의 여지 없이 그녀에게서
피렌체의 걸작을 발견했고, 그 유사성이
그녀에게 아름다움을 부여하며 더욱 소중하게
만들어주었다. 스완은 위대한 산드로 보티첼리의
눈에는 사랑스러워 보였을 존재의 가치를
알아보지 못해 자책했으며, 오데트를 보면서 느낀
기쁨을 자신의 미학적 지식을 통해 정당화했다.
그는 오데트에 대한 생각을 행복에 대한 꿈과
연결 지으며 자신이 염려했던 불완전한 최후의
상황은 아니라고 생각하게 되었는데, 그녀 안에
가장 세련된 자신의 예술적 취향이 담겨 있었기
때문이다. 그럼에도 스완은 오데트가 더 이상
자신의 욕망에 부합하는 여성이 아니라는 사실을

알았다. 왜냐하면 스완의 욕망은 항상 자신의 미적
취향과 반대였기에. '피렌체의 걸작'이라는 표현이
스완에게 큰 도움이 되었다. 마치 어떤 직함처럼
오데트가 그전까지 다가갈 수 없었고 고귀함으로
가득 차 있던 꿈의 세계로 그녀의 이미지를
데려가게 해주었다. 사실 스완이 오데트의 육체를
성적으로 바라보면 그녀의 얼굴, 몸, 미모에 대한
끊임없는 새로운 의심이 사랑을 약화시켰고, 그
의구심이 사라지며 사랑에 확신이 생긴 것은
확실한 미학적 기준의 자료들이 뒷받침되었을
때였다. 어느 날 그에게 키스와 육체적인
소유가 허락된다면, 그것이 손상된 육체에서
오는 것이라면 자연스럽고 평범한 일이었을
텐데 미술관에서 찬사를 받는 작품이라는 성취
앞에서는 초자연적이고 매력적으로 보일 수밖에
없었다.

「1편 스완네 집 쪽으로」『잃어버린 시간을 찾아서』

3   질투는 허공과 불확실성 속에서 발버둥 친다. 마치
우리가 꿈을 꿀 때 예전에 잘 알았지만 이제 다른
사람의 모습을 빌린 그 사람을 빈집에서 찾으려고

애쓰는 것처럼 말이다. 불확실함이란, 꿈에서
깨어난 후 꿈속의 세부 사항을 확인해보려고 할 때
느끼는 것이다.

「5편 갇힌 여인」『잃어버린 시간을 찾아서』

4   나는 울리지 않는 전화벨 소리에 점점 더 커지는
     번민으로 더 큰 고통을 느끼며 북적거리는 밤의
     파리에서 고독하게 상승하는 불안의 소용돌이
     속에 놓였는데, 갑자기 책장 옆에서 기계적이고도
     위대한, 마치『트리스탄과 이졸데』에서
     트리스탄을 위해 흔들리던 스카프나 목동의 피리
     소리같이 요란한 전화벨 소리가 울렸다. 나는 몸을
     날렸다. 알베르틴이었다.

「4편 소돔과 고모라」『잃어버린 시간을 찾아서』

5   그대 아닌 다른 사람에게서는 거의 본 적 없는
     특수한 것이 있는데, 일종의 동물적이거나
     식물적인 신비한 매력이라고 할까. 마치 그대가
     동물이나 꽃이었던 것처럼 말이지. 동시에 그대는
     느꼈던 과격한 폭풍의 효과를 나는 느끼지
     못하는 듯해서 아쉽다네. 그대가 고통을 느끼는

시적이고도 야릇한 방식을 여러 차례 봐왔어.
슬픔과 때로는 단순히 성가신 일들 사이의
유기적인 전환은…… 그대에게 정말 특별해.

「뤼시앵 도데에게 보낸 편지(1896. 2. 26.)」『프루스트 서한집』

6 우리 삶에서 사랑과 관련해 발생하는 모든 사건과
대조되는 다양한 상황 앞에서 가장 좋은 태도는
이해하려고 노력하지 않는 것이다. 왜냐하면
냉혹하거나 예상치 못한 일들은 이성적이기보다
마법처럼 진행되기 때문이다.

「2편 꽃핀 소녀들의 그늘에서」『잃어버린 시간을 찾아서』

7 곧 사랑의 그림자 같은 질투가 느껴졌고, 오데트가
그날 저녁 스완에게 보낸 미소의 이면에 스완을
비웃으며 다른 남자에게도 웃어 보였으리라는
생각, 그녀의 젖힌 머리와 입술이 다른 남자에게도
주어졌을 것이며 그녀가 자신을 위해 보여준 모든
애정의 표현도 그렇게 되리라는 생각이 들었다.
그리고 스완이 오데트의 집을 나오면서 가져간
모든 황홀한 기억들은 마치 장식가가 스완에게
보여준 '도안'의 초안 같았고, 스완은 이후에

오데트가 열정적이고 숨 막히는 자세로 다른
남자들에게 제공할 자태들이라는 생각이 들었다.
그러다 보니 오데트와 나눈 모든 쾌락, 스완이
경솔하게 그녀에게 알려준 애무, 그가 받은 애교의
행위들은 한순간에 그를 극심하게 괴롭히는
새로운 도구가 되었다.

「1편 스완네 집 쪽으로」 『잃어버린 시간을 찾아서』

8   당시 죽음에 관한 생각이 나의 사랑을 어둡게
만들었다면 오래전부터 사랑에 대한 추억은 더
이상 죽음을 두려워하지 않게 해주었다. 죽는다는
것이 새삼스럽지 않았고 오히려 어린 시절부터
이미 여러 차례 죽었다는 사실을 깨달았기
때문이다. 얼마 전까지만 해도 내 생명보다
알베르틴을 더 소중히 여기지 않았던가? 그녀에
대한 사랑 없이 삶을 생각할 수 있었던가?
그런데 더 이상 그녀를 사랑하지 않고, 나는
이제 그녀를 사랑하는 존재가 아니며, 그러므로
다른 존재가 되었고, 다른 존재가 되면서 그녀를
사랑하지 않게 되었다. 내가 다른 사람이 되어
더 이상 알베르틴을 사랑하지 않는다고 해서

고통스럽지 않았다. 어느 날 더는 내 육체를
갖지 못하게 되리라는 생각이, 과거에 더는
알베르틴을 사랑하지 않으리라는 생각 때문에
슬펐던 것 이상으로 슬플 이유가 없었다. 이제
그녀를 더 이상 사랑하지 않는다는 사실은 별로
중요하지 않았다. 내가 그토록 두려워하던 여러
차례의 죽음은 일단 도래하면 무심하고 부드럽게
이루어질 것이고, 죽음을 두려워하던 사람은 더는
이 세상에 없을 것이기에 죽음 때문에 겁먹는 것은
현명한 일이 아니었다.

「7편 되찾은 시간」『잃어버린 시간을 찾아서』

9   잘 헤어지는 경우는 정말 드물다. 잘 지냈다면
    헤어지지 않았을 테니까.

「6편 사라진 알베르틴」『잃어버린 시간을 찾아서』

10   질투는 우리를 질투하는 사람들보다 우리 자신을
     더 고통스럽게 한다. 우리만이 그 짐을 져야 하기
     때문이다.

「7편 되찾은 시간」『잃어버린 시간을 찾아서』

11   길들여진 반항스러운 글씨체, 한없이 물결치는
바다의 황홀한 소용돌이 속에서 아프로디테처럼
신적이고 아름다운 백작 부인의 생각이 반짝이며
드러나는 서신을 받을 때마다 정말 감격하곤
합니다. 오늘 아침의 편지같이 저에게는 과분한
선의와 멋진 친절로, 부인은 제가 결코 돌려드리지
못할 감사의 마음을 자아내게 하는 고문을 하시는
듯합니다. 거의 고통스럽기까지 한 이 기쁨에
보들레르 시에 담긴 고뇌의 눈물과 즐거움의
포말이 섞입니다.

「안나 드 노아유 백작 부인에게 보낸 편지(1908. 2.)」
『프루스트 서한집』

12   인생의 이 시기에 놓인 사람은 이미 여러 차례
사랑에 도달했다. 갑자기 다시 만난 사랑은 놀라고
수동적인 중년의 마음 앞에서 고유하고 알 수
없고 치명적인 법칙을 따라 혼자 진행되지 않는다.
우리는 사랑을 돕는답시고 기억과 암시를 동원해
그것을 변질시킨다.

「1편 스완네 집 쪽으로」『잃어버린 시간을 찾아서』

13 스완은 피아노 위에 오데트가 좋아하는 곡의
    악보 몇 장이 펼쳐져 있는 것을 보았다. (…)
    스완은 오데트에게 뱅퇴유 소나타 한 소절을
    연주해달라고 부탁했는데, 그녀의 연주는 아주
    서툴렀다. 그러나 조율되지 않은 피아노를 서투른
    손으로 어설프게 연주하는 음악 소리 너머로 가장
    아름다운 장면이 보이는 것이었다. 그 짧은 소절은
    스완이 오데트에게 지녔던 사랑을 연상시켰다.
    그는 이 사랑이 외부의 무엇, 자신 외에 다른
    누군가가 인정할 수 있는 그 무엇과도 일치하지
    않는다는 점을 분명히 느꼈고, 자신이 오데트
    곁에서 보내는 시간은 그녀의 가치로는 정당화될
    수 없다는 사실을 깨달았다.

    「1편 스완네 집 쪽으로」『잃어버린 시간을 찾아서』

14 측은지심보다 더 큰 사랑은 없다.

    「7편 되찾은 시간」『잃어버린 시간을 찾아서』

15 사람들은 자신의 행복을 잘 모른다. 우리는 결코
    우리가 생각하는 것만큼 불행하지 않다.

    「1편 스완네 집 쪽으로」『잃어버린 시간을 찾아서』

16 나중에 내가 살아 있는 동안 수도원 같은 곳에서
적극적인 자선 활동을 하는 성스러운 이들을
만날 기회가 있었는데, 그들은 대체로 다급한
외과의사처럼 쾌활하고 긍정적이면서 무심하고도
무뚝뚝한 표정이었고, 그 얼굴에는 인간의 고통에
대한 어떤 연민도 없었으며, 그것을 마주하는 일에
대한 두려움과 온화함이 없는 얼굴, 진정하고
선하면서 무정하고 숭고한 얼굴을 하고 있었다.
「1편 스완네 집 쪽으로」『잃어버린 시간을 찾아서』

17 사랑을 하면 인지하고 분별할 수 있게 된다. 새를
좋아하는 사람이 보통 사람과는 달리 숲속에서
노래하는 수많은 새의 목소리를 일일이 알아듣고
구별할 줄 아는 것과 같다.
「2편 꽃핀 소녀들의 그늘에서」『잃어버린 시간을 찾아서』

18 생루의 성실함과 무사무욕은 절대적이었기에 그의
무결하고 순수한 도덕성은 사랑과 같은 이기적인
감정으로는 만족하지 못했고, 나처럼 내면에서
정신의 자양분을 찾을 수 없다는 불가능성을
만나지 않았으므로 나와 같이 우정이 불가능한

사람과 달리 진정한 우정을 나눌 수 있게 되었다.
「2편 꽃핀 소녀들의 그늘에서」 『잃어버린 시간을 찾아서』

19 스완은 자신을 우울하게 바라보는 오데트를
보면서 그녀가 보티첼리의 〈모세의 시련〉에
나오는 얼굴과 닮았다고 생각했고, 오데트가 목을
약간 굽힌 자세를 상상하자 바로 그 벽화에 들어간
것 같았다. 보티첼리가 15세기에 시스티나성당에
템페라로 그린 벽화 속 여인이 바로 피아노 옆에,
지금 이 순간에 입을 맞추고 육체를 소유할 수
있도록 존재한다는 그 물질성과 생존에 대한
생각이 스완을 완전히 도취하게 했고, 그는
초점 잃은 눈으로 턱을 당기고 보티첼리의 성모
앞으로 탐욕스럽게 달려가 그녀의 뺨을 꼬집었다.
그런 다음 스완은 오데트를 떠날 때, 그녀의
향기와 특징에 대한 몇몇 이미지를 기억 속에
간직하는 것을 잊어버려 다시 한번 오데트를 안기
위해 그녀의 집으로 들어갔다가 다시 마차로
돌아오면서 오데트가 매일 방문하도록 허락해준
것을 깊이 고마워했고, 자신을 매일 만나는 일이
그녀에게는 큰 즐거움이 아니리라 느꼈지만

그럼으로써 질투를 막을 수 있었으며(특히
베르두랭가에서 오데트를 발견하지 못하고 겪었던 큰
고통을 다시 겪지 않게 되었으며), 이후에는 너무도
고통스러웠던 첫 발작, 자신의 삶에서 무척
희한했던 그 몇 시간, 달빛 아래 파리 곳곳을
뒤지던 그런 일을 다시 겪지 않도록 도와줄
것이었다.

「1편 스완네 집 쪽으로」『잃어버린 시간을 찾아서』

20 첫사랑은 우리 마음속에 유약함을 남겨 그다음에
올 사랑에 길을 열어주지만, 적어도 동일한 증상과
고통을 겪는 우리에게 치유 수단을 제공해주지
않는다는 것은 신기한 일이다.

「5편 갇힌 여인」『잃어버린 시간을 찾아서』

21 사랑에 빠진 스완의 삶, 그의 충실한 질투는 죽음,
배신, 무수한 욕망, 무수한 의심으로 이루어져
있었는데, 이 모든 것의 대상은 오데트였다.

「1편 스완네 집 쪽으로」『잃어버린 시간을 찾아서』

22 행복은 몸에 유익하지만 정신력을 기르는 것은

고통이다.

「2편 꽃핀 소녀들의 그늘에서」『잃어버린 시간을 찾아서』

23 스완은 달빛 아래 라페루즈가의 오데트 집으로
향하는 사륜마차에 등을 기대고 앉아 사랑에 빠진
남자의 황홀한 감정을 키우다가 그 감정들이
만들어낼 독이 든 열매에 대해서는 알지 못하던
시절을 떠올렸다. 그런 생각들도 단 1초 동안
지속될 뿐이었고, 그는 가슴에 손을 얹고 숨을
고르면서 고통을 감추며 웃을 수 있었다. 스완은
벌써 의문을 품기 시작했다. 왜냐하면 자신에게 큰
타격을 주려는 적들조차 가하지 않았을 고통, 한
번도 경험한 적 없는 가장 잔인한 고통인 질투는
아직도 그가 충분히 고통받았다고 생각하지
않았고, 그에게 더욱더 깊은 상처를 입히기 위해
벼르고 있었기 때문이다. 질투심은 마치 사악한
신처럼 스완에게 다양한 생각을 불어넣고 그를
파멸로 몰아넣었다.

「1편 스완네 집 쪽으로」『잃어버린 시간을 찾아서』

24 사랑이란, 마음이 공간과 시간에 민감해지는

것이다.

「1편 스완네 집 쪽으로」『잃어버린 시간을 찾아서』

25 스완은 마치 죽은 자들의 유령들 사이에서, 어둠의
왕국에서 에우리디케를 찾듯 불안에 떨며 어두운
몸들을 지나쳐 갔다.

사랑이 형성되는 모든 방식 가운데, 사랑이라는
신성한 악을 퍼뜨리는 모든 방식 가운데 가장
효과적인 거대한 동요의 숨결이 때때로 우리를
스쳐 간다. 그 순간 함께 있고 싶은 사람과의
운명은 던져지고, 우리는 바로 그 사람을 사랑하게
된다. 그때까지 그가 다른 사람들만큼 좋았는지
아닌지는 중요하지 않다. 이때부터 그를 향한
우리의 취향은 배타적으로 변한다. 그런 취향의
조건이 실현되어 우리에게 즐거움을 주던 쾌락을
찾다가 갑자기 고통스러운 필요로, 대상을 향한
터무니없는 욕구로 대체되었을 때, 세상의 어떤
법칙들도 사랑하는 대상을 소유하려는 광적이고
고통스러운 욕구를 만족시키거나 그런 상태에서
벗어나게 할 수 없다.

스완은 마지막 식당으로 오데트를 찾으러 갔다.

그것만이 침착하게 생각해본 행복에 대한 유일한
가정이었다.

「1편 스완네 집 쪽으로」『잃어버린 시간을 찾아서』

26 예술가들처럼 다른 무언가를 위해 사는 사람들도
자신을 위해 살 의무가 있다. 그런데 우정이야말로
그들에게 그 의무를 면제해주고, 스스로의 포기를
허락한다.

「2편 꽃핀 소녀들의 그늘에서」『잃어버린 시간을 찾아서』

27 어떤 불행은 어떤 행복들처럼 너무 늦게 와서,
조금 일찍 왔더라면 훨씬 더 무거웠을 것이다.

「6편 사라진 알베르틴」『잃어버린 시간을 찾아서』

28 스완은 오데트 앞에서 너무 소심해져 그녀를
화나게 하거나 거짓말을 한 것처럼 보이거나 더한
요구를 하게 될 때 과감함이 부족했기 때문에 꽃이
구겨지면 안 된다는 구실로 카틀레야를 매만지기
시작해 드디어 그날 저녁, 그녀의 몸을 소유하게
되었다. (…) '카틀레야 하기'라는 은유는 그들에게
육체적 소유라는 행위(사실 무엇도 소유되지

않지만)를 암시할 때 별생각 없이 사용하는 간단한 단어가 되었음에도, 그들 사이에서 이 표현은 꽃을 매만진다는 잊힌 용도로 살아남았다. (…) 스완은 그날 저녁 떨면서 오데트를 육체적으로 소유하게 되면 그 거대한 양란의 꽃잎 사이에서 그녀가 나올 것 같다고 생각했고(오데트가 자신의 술수에 넘어갔다면 알아차릴 수 없을 것이라 생각했고), 스완이 느꼈지만 아마도 오데트는 용인하지 않을 수도 있는 쾌락은 그녀가 그것을 쾌락이라고 인지하지 못했기 때문일 것이며, 그래서 마치 스완은 지상천국의 꽃 중에서 그런 쾌락을 처음 맛보는 남자이고, 그가 창조해낸 쾌락에 그가 특별한 이름을 붙여서 흔적을 남겼듯이 완전히 예외적이고 새로운 것이었다.

「1편 스완네 집 쪽으로」『잃어버린 시간을 찾아서』

29   범죄를 저지르지 않고는 투하할 수 없는 폭탄처럼 다른 사람의 삶이 자신의 삶에 결합되어 있다는 것은 끔찍한 일이다.

「5편 갇힌 여인」『잃어버린 시간을 찾아서』

30   사랑은 장미꽃이다. 그 꽃잎은 환상이며, 가시는
      현실이다.

「6편 사라진 알베르틴」『잃어버린 시간을 찾아서』

31   그러나 스완이 집에 돌아왔을 때, 문득 오데트가
      오늘 저녁 다른 남자를 기다리고 있을지도
      모른다는 생각이 들었다. 그녀가 피곤한 척
      자신에게 불을 꺼달라고 하며 곧 잠들 것이라
      생각하게 만든 다음, 자신이 나가자마자 다시
      불을 켜고 함께 밤을 보낼 남자를 데려올 수도
      있었다. 스완은 시계를 보았다. 오데트를 떠나온
      지 약 한 시간 반이 지났고, 그는 집에서 나와
      마차를 잡아타 그녀의 집이 보이는 수직으로
      교차하는 작은 길에 멈춰 섰다. 스완이 늦은 시간
      오데트를 만나러 올 때 두드리던 창문이 있는 침실
      쪽이었다. 그가 마차에서 내렸을 때는 온 동네가
      휑하고 어두웠으며, 몇 걸음만 더 가면 그녀의 집
      앞에 도착할 수 있었다. 오랫동안 불이 꺼져 있어
      어둠이 내린 길 위의 모든 창문 가운데 유일하게
      하나의 창문에서만 불빛이 흘러나왔는데, 수많은
      저녁 도착했던 이 길에서 그는 신비로운 황금빛이

펼쳐진, 밤을 가득 채운 불빛을 멀리서부터
바라보며 기쁨에 넘쳐 스스로에게 말하곤 했다.
"저 안에서 오데트가 나를 기다리고 있어." 하지만
그날 저녁 스완은 고뇌를 느끼면서 "그녀가
기다리던 남자와 저 방에 있지"라고 되뇌었다.
스완은 그 남자가 누구인지 알고 싶었다. 벽을
따라 창문까지 미끄러지듯 다가갔지만 덧문의
창살 때문에 아무것도 보이지 않았다. 조용한 밤
속삭이는 대화 소리만 들릴 뿐이었다. 스완은
황금빛이 새어 나오는 창문의 새시 뒤편에서
움직이는, 보이지 않지만 그가 증오하는 커플,
자신이 떠난 후 오데트를 만나러 온 남자와 배신한
그녀가 속삭이며 맛보는 행복을 생각하면서 무척
고통스러워했다.
그럼에도 스완은 다시 오데트에게 오기를
잘했다고 생각했다. 그가 집을 떠날 때 느낄
수밖에 없던 고통은 막연함이 사라지면서
격렬함을 잃었고, 갑자기 무력하게 부정을
의심했던 오데트의 이중적인 삶을 환하게 비춘
램프 아래로, 자신은 알지 못하고 갇힌 이 방으로,
원한다면 들어가서 그녀를 놀라게 하고 붙잡을 수

있었기 때문이다. 아니, 그보다는 늦게 찾아왔을
때 종종 그랬듯이 겉창을 두드리려고 했다. 그러면
오데트는 적어도 자신이 알아버렸다는 사실,
스완이 불빛을 보고 그들의 대화를 들었다는
사실을 알게 될 터였다. 조금 전까지 다른 남자와
헛된 기대로 웃고 있던 오데트였는데, 자신들이
스완을 속였고 그는 멀리 떨어져 있다고 믿으며
안심하고 있었는데, 곧 스완이 문을 두드릴
것이었다. 스완이 이 순간에 느낀 것은 의심과
고통에서 편안해지는 느낌과는 다른 지적인
즐거움이었다. 스완이 사랑에 빠진 순간부터
그가 예전에 지니고 있던 불가사의한 관심들은
오데트에 대한 기억의 빛으로 질투가 환기해주는
자신의 젊은 나날을 일깨웠다. 진리에 대한
열정, 물론 자신과 연인 사이에 자리한 열정은
그녀에게서만 그 빛을 받았으며 진리는 완전히
개별적인 것이었고, 헤아릴 수 없는 대가와 거의
무심한 아름다움으로 오데트의 행동, 그녀의
인간관계, 계획, 과거만을 유일한 목표로 삼고
있었다. 스완에게는 삶의 다른 부분에서 한
사람에 관한 사소한 일들이나 일상의 몸짓은

쓸모없어 보였다. 누군가 그것을 비난해도 무의미하다고 생각했고, 그런 말은 그의 가장 저속한 관심이었으며, 그 말을 들을 때 자신도 가장 보잘것없게 느껴졌다. 그러나 사랑에 빠진 이 희한한 순간에 개인은 크나큰 부분을 차지하며, 한 여성의 사소한 일에 무한한 호기심이 열리는 것을 느낄 수 있었다. 이전에는 역사에 열려 있던 호기심이었다. 그때까지 창문 앞에서 누군가를 염탐한다는 사실은 큰 치욕이라고 생각했는데, 사람 일을 누가 알겠는가. 내일이면 잘 모르는 사람들에게 교묘하게 말해달라 부탁할 수도 있고, 하인들을 매수해 문 앞에서 엿듣는 짓을 할지도 모른다. 텍스트를 해석하고 증언들을 비교하고 사적을 조사하는 방법과 마찬가지로 진실을 탐구하기 위해 지적 가치가 있고 적합한 일로 여겨졌다. (…)
착각한 스완은 오데트네 옆집 창문을 두드렸다. 그는 사과를 하고 집으로 돌아왔다. 자신의 호기심이 사랑에 흠집을 내지 않고 그대로 남았다는 점과 오데트에게 오랫동안 무심한 척해오다 자신이 질투 때문에 그녀를 지나치게

사랑하고 있다는 증거, 연인 사이에서 사랑을
받는 사람에게 충분히 사랑해야 할 필요를
면제해주는 그 증거를 보여주지 않았다는 점에
만족했다. 스완은 오데트에게 이날 밤의 낭패에
대해 이야기하지 않았고 자신도 더 이상 생각하지
않았다. 그러나 가끔 어떤 기억이 떠오르면 문득
그녀가 그날 알아차리지 못했다는 생각이 폐부를
찔렀고 스완은 갑작스레 심한 고통을 느끼곤 했다.

「1편 스완네 집 쪽으로」『잃어버린 시간을 찾아서』

32 우정과 증오는 젊은 시절의 욕망과 사상처럼
우리에게서 빠른 속도로 멀어지고, 우리는 그것을
이해하지 못한다.

『장 상퇴유』

33 스완은 포르슈빌이 오데트의 연인이었음을 우연히
알게 됐을 때 더 이상 어떤 고통도 느끼지 않았고
사랑은 이제 멀리 있다는 사실을 깨달았으며,
사랑을 영원히 떠나보내는 순간을 알아차리지
못한 것을 후회했다. 스완은 처음으로 오데트에게
키스하기 전 오랫동안 그녀에게서 보았던 얼굴,

키스 후 변하게 될 표정을 기억 속에 각인시키고자
노력했고, 적어도 오데트가 아직 곁에 있을 때
자신을 고통스럽게 하고 앞으로 다시는 만나지
못할 그녀에게 마음속으로나마 인사를 할 수 있을
것 같았다.

「1편 스완네 집 쪽으로」『잃어버린 시간을 찾아서』

34 그렇게 질베르트라는 이름이 내 옆을 스쳐
지나갔고, 그 이름은 조금 전까지는 불확실한
이미지에 불과했던 그녀를 언젠가 다시 찾아내어
특별한 사람으로 만들 수 있게 해주는 부적처럼
주어졌다.

「1편 스완네 집 쪽으로」『잃어버린 시간을 찾아서』

35 질베르트를 완전히 사랑하게 된 나는 그녀 집의
나이 든 집사가 강아지를 산책시키러 나오는
모습만 봐도 심장이 뛰고 창백해져 진정하기 위해
애써야 했다. 질베르트의 부모님을 보면 더 큰
동요가 일었다. 이 세상에서 그들의 존재 자체가
초자연적으로 느껴졌고 질베르트의 아버지가
치과에 갈 때 지나는 파리 거리가 있다는 사실을

알게 된 순간, 마치 요정이 지나간 길이라고
알려준 효과와 같이 그 길이 경이로워 보여 나는
오랫동안 그 길에 버티고 서 있었다.

『시평집』

36   사랑은 당신이 스스로를 사랑하지 않음에도
      누군가는 당신을 사랑해주는 놀라운 행운이다.

「5편 갇힌 여인」『잃어버린 시간을 찾아서』

37   천으로 눈을 가린 질투는 주변 어둠 속에
      무력해져서 그 무엇도 발견하지 못하게 하고,
      심지어 끝없이 찾게 만드는 형벌을 가한다.

「5편 갇힌 여인」『잃어버린 시간을 찾아서』

38   파리에서의 출발은 다시 한번 늦춰졌다. 친구
      로베르 드 생루가 전선으로 복귀한 다음 날,
      병사들의 퇴각을 엄호하다가 전사했다는 소식을
      듣고 한동안 고통스러워서 출발하지 못했기
      때문이다. 로베르보다 적국 국민에 증오심을 덜
      가졌던 사람도 없을 것이다(심지어 그는 개인적인
      이유에서인지 잘못 알고 있어서인지, 빌헬름 2세 황제도

제1차 세계대전을 장려하기는커녕 전투가 확산되는 것을
막고 있다고 생각했다). 프랑스인들이 독일어를 쓰는
것도 비난하지 않았다. 그가 죽기 약 엿새쯤 전에
내가 들은 그의 마지막 말은 계단을 내려오면서
흥얼거리던 독일어로 된 슈만의 가곡 가사로,
나는 전쟁 통에 이웃이 들을까 두려워 그만하라
말했었다. 자신의 행동에 대한 변명이나 비난 같은
표현을 일절 하지 않는 최상의 교육에 익숙한 그는
징집 당시 그랬던 것처럼 적군 앞에서 자신의
목숨을 구할 수도 있을 행동을 삼갔다. 내가 그의
집을 나설 때 나를 집까지 태워 갈 마차의 문을
닫고 모자를 벗어 인사하며 예를 차리듯 그가
늘 보여주는 스스로를 지우는 겸양, 그 자세로
말이다. 며칠 동안 나는 생루를 생각하며 내 방에
틀어박혀 있었다. 발베크에 도착한 첫날, 그가
흰 모직 옷에 바다처럼 푸르고 일렁이는 눈을
빛내며 창문 너머 바다가 보이는 큰 식당의 복도를
가로질러 나에게 오던 장면이 기억났다. 당시 그가
얼마나 특별한 사람처럼 느껴졌는지, 그와 친구가
되고 싶다는 큰 바람을 갖게 됐는지 떠올렸다.
그런데 이 바람이 내가 기대했던 것 이상으로

이루어지자 오히려 별다른 기쁨을 느끼지 못했고,
비로소 삶의 모든 중요한 보상과 그 밖의 일들
또한 이처럼 우아한 방식으로 진행된다는 사실을
깨달았다.

「7편 되찾은 시간」『잃어버린 시간을 찾아서』

39 그 누구에게도 사랑은 절대적으로 쉬운 일이
아니다. 사랑의 전제는 서로 다른 길을 걸어온
존재를 만나는 것이기 때문이다.

『생트뵈브에 반하여』

40 행복은 불행을 가능하게 만드는 용도가 있을
뿐이다. 우리는 행복에서 아주 따듯하고 강한
믿음과 애착의 유대를 형성하고, 유대가 단절되면
불행이라고 불리는 소중한 괴로움이 찾아온다.
우리가 행복하지 않았다면 그것이 행복하고자
하는 희망에 그쳤더라도, 불행은 잔인하지 않고
결과적으로 어떤 결실도 없을 것이다.

「7편 되찾은 시간」『잃어버린 시간을 찾아서』

41 사랑은 (…) 아직 점령해야 할 부분이 남아 있을 때

태어나고 지속된다.

「5편 갇힌 여인」『잃어버린 시간을 찾아서』

42 우정은 서로의 차이와 결함, 모순을 극복하고
견디게 하는 기적이다.

「7편 되찾은 시간」『잃어버린 시간을 찾아서』

43 아무리 누군가를 사랑하더라도 그들을 잃는
고통, 사랑하는 사람 없이 마주하는 외로운
고통은 우리의 정신이 원하는 형태를 부여하는
고통이며, 덜 인간적이고 덜 우리의 것인 고통이
되어 정신세계와 마음속의 예상치 못한 기이한
사고보다 견딜 만해진다. 우리가 고통스러운
이유는 사랑하는 존재 자체와 관련되어서가
아니라 다시는 상대방을 보지 못하리라는 사실을
알게 된 방식에 달려 있기 때문이다.

「6편 사라진 알베르틴」『잃어버린 시간을 찾아서』

44 질투는 느끼는 사람 쪽에서 아무리 교묘하게
감추어도 질투를 유발한 상대 역시 교묘하게
알아차리기 마련이다.

「5편 갇힌 여인」『잃어버린 시간을 찾아서』

45   사랑은 우리의 인생을 비추는 빛과 같다.

『장 상퇴유』

46   우정은 고귀하고 순수한 감정으로 모든 편견과
차이를 초월하여 우리에게 사랑과 선의만을 갖게
한다.

「7편 되찾은 시간」『잃어버린 시간을 찾아서』

47   사랑받는 모든 사람, 아니 어느 정도 모든 사람은
야누스처럼 우리 곁을 떠날 때 기분 좋은 얼굴을
보여주고, 우리 곁에 항구적으로 머물 것을 알게
되면 침울한 얼굴을 보여준다.

「5편 갇힌 여인」『잃어버린 시간을 찾아서』

48   스완이 오데트의 얼굴을 증오 없이 떠올리게
되었을 때 그녀의 웃음 속 선의를 보고 다른
남자에게서 빼앗아 오고 싶다는 욕망은, 질투
때문에 그의 사랑에 더 보탬이 되지는 않았다.
스완의 사랑은 무엇보다도 오데트라는 인물이

그에게 주는 다양한 감각, 그녀의 시선 이동,
터지는 웃음, 공연을 보듯 감탄하는 목소리,
어떤 현상처럼 의문을 품고 보는 즐거움에 대한
애착을 의미하게 되었다. 이 특별한 즐거움 때문에
스완에게는 오데트가 필요했고 그녀만의 무심한,
거의 예술적이고 사악한 그 존재감과 서신들로
그의 마음을 충족시킬 수 있게 되었다. 몇 년에
걸친 건조하고 우울했던 스완의 새로운 삶에
일종의 너무도 충만한 정신적 만족감, 과거에
전혀 예상하지 못했던 충만한 삶이 찾아온 까닭이
무엇 덕분인지 알지 못했고, 그것은 허약했던
사람이 어느 순간부터 강해지고 살찌면서 얼마
후 완벽한 회복에 이르는 것과 같았다. 그녀에
관한 현실과는 무관하게 발전한 이 욕구는 특히
음악을 듣고 음악을 알고자 하는 것이기도 했다.
스완은 사랑 때문에 질투를 느꼈고 그 고통의
화학적 결과로 다시 오데트를 향한 애정과 연민의
감정이 되살아났다. 그녀는 다시 매력적이고 착한
오데트가 되었다.

「1편 스완네 집 쪽으로」『잃어버린 시간을 찾아서』

49 우리는 참을 수 없는 사랑을 죽이기 위해 그것이
여성, 어떤 나라, 어떤 나라를 품은 여성이든
사랑하지 않는 사람과 살게 된다.

「5편 갇힌 여인」『잃어버린 시간을 찾아서』

50 아름다움은 행복의 약속이라고 한다.

「5편 갇힌 여인」『잃어버린 시간을 찾아서』

51 음악회가 있던 그날 저녁부터 스완은 오데트가
자신에 대해 가졌던 애정이 다시 살아나지 않을
것이며, 그녀와의 행복에 대한 희망이 더는
실현되지 않으리라는 사실을 깨달았다. 그리고
어쩌다 오데트가 아직 스완에게 친절하고 다정한
관심을 보이던 날, 그녀가 그에게 돌아오는 듯한
측은하고 회의적인 배려와 함께 형식적이고
위선적인 행동, 불치병으로 최후가 다가온 친구를
돌보는 사람들이 "어제는 친구가 식당에서 직접
계산을 했는데 우리가 알지 못한 금액 차이도
발견했고, 달걀 하나를 맛있게 먹어서 별일
없으면 내일은 촙스테이크를 먹여봐야겠다"라고
이야기하며 내보이는 듯한 절박한 기쁨의

표현에 주목했다. 비록 임박한 죽음을 생각하면
무의미하다는 사실을 알고 있겠지만.

「1편 스완네 집 쪽으로」『잃어버린 시간을 찾아서』

52 중요한 것은 사랑하는 대상이 아니라 사랑한다는
사실이다.

「2편 꽃핀 소녀들의 그늘에서」『잃어버린 시간을 찾아서』

53 질투는 영혼을 부패시키고 행복을 방해하며
유감스러운 행동을 저지르게 하는 독이다.

「7편 되찾은 시간」『잃어버린 시간을 찾아서』

54 우정은 대화만큼이나 미덕이 결여되어 있을 뿐
아니라 치명적이기까지 하다. 발전의 법칙이
순전히 내면적인 사람, 깊이 있는 우정의 여행을
하지 못하고 자기 표면에만 머무는 사람이 친구와
함께 있으면 피할 수 없는 지루함을 느낄 때,
우정은 우리에게 혼자 있어야 한다고 충고하면서
친구가 우리에게 한 말을 감동적으로 환기할 것과
우리는 외부에서 석재를 추가할 수 있는 건물이
아니며, 가지의 마디로 내부의 수액을 빨아들여

위쪽의 잎사귀들을 완성시키는 나무와 같다고
조언한다.

생루처럼 선하고 총명하며 그토록 훌륭한 사람이
나를 아끼고 나에 대해 감탄해주는 데에 기뻐만
한다면, 스스로에게 거짓말을 하고 진정한
의미의 성장과 행복을 멈추는 것과 같다. 혼자서
모호한 표현들을 해석하려는 것이 아니라 모든
지력을 동원해 생루의 말들을 되뇌어보면서
내면에 있는 나 외의 다른 존재, 사고라는 무거운
짐을 항상 떠넘기는 그 존재에게 생루의 말을
반복해 환기하며 내가 정말 고독하게 홀로 있을
때 체험하는 것과는 완전히 다른 내 친구와
나, 그리고 내 삶에 의미를 부여할 아름다움을
추구하고자 노력했다.

「2편 꽃핀 소녀들의 그늘에서」『잃어버린 시간을 찾아서』

55　　우리가 누군가를 사랑할 때, 그 사랑은 너무
커서 우리 안에 완전히 담기지 못한다. 사랑하는
사람을 향해 발산되는 사랑은 표면에 머물렀다
출발점으로 돌아오고, 우리 자신의 애정이
귀환하는 이 충격을 상대의 감정이라고 말하면서

매혹되는 까닭은 그 사랑이 우리에게서 나왔다는
사실을 인식하지 못하기 때문이다.

「2편 꽃핀 소녀들의 그늘에서」『잃어버린 시간을 찾아서』

56 타인의 행복에서 가장 감탄할 만한 점은 바로
그것을 믿는다는 사실이다.

「2편 꽃핀 소녀들의 그늘에서」『잃어버린 시간을 찾아서』

57 사랑할 때 종종 감사의 표시와 기쁘게 해주려는
욕구에 대한 기대나 관심이 예상보다 더 큰 경우가
있다. 그러나 이 욕구의 실현은 다양한 상황으로
생긴 제약을 만난다.

「3편 게르망트 쪽」『잃어버린 시간을 찾아서』

58 스완은 언젠가 자신이 오데트에게 사랑에 빠진
상태가 아닐 수 있다는 사실에 두려워하면서
조심하기로 마음먹었다. 그래서 그는 사랑이
자신을 떠나기 시작한다고 느끼면 사랑에
매달려 붙들어두기로 했다. 그런데 그의 사랑이
약해지면서 사랑하는 상태로 머물고자 하는 욕구
또한 약해졌다. 갑자기 다른 사람이 될 수도 없고,

더 이상 남아 있지 않은 감정을 따를 수는 없었기 때문이다. 스완은 신문에서 자기 생각에 오데트의 연인이었을 것 같은 남자들의 이름을 보았을 때 질투심이 다시 살아나는 것을 느꼈다. 그러나 이제 스완의 질투는 매우 가벼웠고, 그럼에도 그토록 고통받던 시간에서 아직 완전히 빠져나오지는 못했음을 증명했으며, 질투로 말미암아 황홀했던 시간을 환기했고, 어쩌다 멀리서나마 미인들이 눈에 띄면 남아 있던 질투는 오히려 기분 좋은 자극을 제공하기에 이르렀다. 그것은 우울한 파리 사람이 베네치아를 떠나 프랑스로 돌아오면서 마지막 여름 모기를 보며 이탈리아와 여름에서 아직 그리 멀지 않다고 느끼는 것과 비슷했다.

「1편 스완네 집 쪽으로」『잃어버린 시간을 찾아서』

59   사랑은 둘이 나누는 이기주의다.

「3편 게르망트 쪽」『잃어버린 시간을 찾아서』

60   우정은 우리를 풍요롭게 하고 인간으로 성장하게 만드는 행복의 근원이다.

「7편 되찾은 시간」『잃어버린 시간을 찾아서』

61 자기애를 통해 여러 작은 이점을 얻은 사람은
자신이 누리는 행복의 양이 충분하지 않다고
느끼며 시기심으로 그 부족함을 채우려는 욕구가
있다. 시기심은 "나는 그런 사람을 알 필요가
없다"라는 경멸적인 말로 표현되는데, 이는 "나는
그를 알 수 없다"로 번역해야 한다. (…) 이것은
확실하게 사실이 아니며 단순한 언어의 기교일
뿐인데도 그렇게 말하면 행복을 위해 간극을
제거해주기 때문이다.
자기중심주의는 인간이 각자가 왕이라 생각하고,
자신 아래 계층의 세계를 만들게 한다.

「2편 꽃핀 소녀들의 그늘에서」『잃어버린 시간을 찾아서』

62 스완은 이미 그녀를 사랑하고 있었다. 꿈의 갈구,
꿈꾸던 그녀와 행복해지고 싶다는 욕망이 며칠
전까지 우연히 무대 위에 나타난, 알 수 없고
나와 무관한 존재에 그쳤던 그녀를 모든 행복의
기회를 맡기는 사람으로 만드는 데는 많은 시간이
필요하지 않았다.

「3편 게르망트 쪽」『잃어버린 시간을 찾아서』

63 질투는 불안함과 연약함의 신호로, 우리 자신의
한계와 가장 깊숙한 곳에 있는 두려움을 드러낸다.

「7편 되찾은 시간」『잃어버린 시간을 찾아서』

64 스완이 오데트를 사랑했던 특별한 시간에서
빠져나온 순간, 여전히 거기 머물고자
노력하고 적어도 아직 그럴 수 있을 때, 그것이
무엇이었는지 명쾌하게 알기 위해 애썼지만
더 이상 알 수 없음을 깨달았다. 스완은 자신이
떠나보낸 사랑을 사라져가는 풍경인 양 그저
바라보고 싶었을 것이다.

「1편 스완네 집 쪽으로」『잃어버린 시간을 찾아서』

65 지상에서는 위대했지만 가족이나 지인에게는 그저
지루한 사람이었을 뿐인 존재 곁에서 일생을 보낸
사람은 그 위대한 사람이 요람에서부터 가지고
있던 습관 때문에 그의 명성이 모조리 사라지는
모습을 보아온 것이다.

「4편 소돔과 고모라」『잃어버린 시간을 찾아서』

66 알베르틴을 다시 보지 않고 그날 저녁 발베크를

떠났어야 했다. 공유되지 않은 사랑(그냥 사랑의 경우도 해당되는데 사랑은 공유하지 않는 것이라고 생각하는 사람들이 있으므로)의 경우, 나는 한 여성의 선의나 변덕 또는 우연이 우리가 진정으로 사랑받을 때의 말과 행동과 욕망에 완전히 일치되어 적용되는 드문 순간에만 유사한 행복을 느낀다고 생각한다. 그럼에도 이 소량의 행복에 흥미를 느끼고 감미로운 즐거움을 느끼는 것은 현명한 일이다.

「4편 소돔과 고모라」『잃어버린 시간을 찾아서』

67 사랑은 타인으로부터의 자유, 고독으로의 귀환, 자연 속의 매혹이라는 점에서 시와 유사하다.

「6편 사라진 알베르틴」『잃어버린 시간을 찾아서』

68 질투가 주로 거짓을 추정하는 데 시간을 쓰고, 진실을 발견하는 데는 상상력을 거의 사용하지 않는 것은 놀라운 일이다.

「6편 사라진 알베르틴」『잃어버린 시간을 찾아서』

69 친애하는 오라스,

방금 들은 소식에 큰 슬픔을 느끼네. 그대가
얼마나 상심했을지, 한 달 전에 만난 아름다웠던
고인과 이제는 홀로된 그대 생각을 하네. 무엇보다
고인이 된 피날리 부인이 더 이상 살아가는
즐거움(그녀에게는 즐거움이 많은 삶, 나에게는 재앙인
삶)을 느끼지 못할 것이라는 사실이 안타깝네.
나의 슬픔도 크다네. 부인을 이제야 알게 되었는데
바로 다시는 볼 수 없게 되다니. 마음의 고통을
줄이기 위해 차라리 우리가 서로 만나지 않았다면
좋았으리라 생각할 수도 있지만, 부인을 만나
이야기 나눈 것이 더 낫다고 생각하네. 그래야
그대 마음을, 그대 고통을 더 잘 느낄 수 있을
테니까. 부인을 만난 적이 있으니 그대에게 내가
덜 외부인으로 느껴지길, 그래서 내가 그대를 더
잘 이해하게 되길 바라네.

「오라스 피날리에게 보낸 편지(1921. 5. 3.)」『프루스트 서한집』

70   우리는 고통을 완전하게 겪어본 후에야 고통에서
치유된다.

「6편 사라진 알베르틴」『잃어버린 시간을 찾아서』

71   사랑의 거짓말들은 유일한 현실이며, 우리가
     진심으로 사랑한다면 우리를 종속시킨 주변에
     있던 거짓은 차츰 축소될 것이다. 우리를 행복하게
     하거나 불행하게 하는 힘이 거짓된 것으로부터
     벗어나 우리 영혼 속에서 고통을 아름다움으로
     변모시킨다. 여기에 바로 행복과 진실한 자유가
     있다.
     『시평집』

72   사랑은 공유해도 줄어들지 않는 유일한 부이다.
     「2편 꽃핀 소녀들의 그늘에서」『잃어버린 시간을 찾아서』

73   질투는 우리 자신과 타인에 대한 믿음을 잃게 하는
     파괴적인 감정이다.
     「7편 되찾은 시간」『잃어버린 시간을 찾아서』

74   알베르틴은 이제 내 안에 살고 있었다. 나는
     알베르틴을 향해 계속되는 깊은 사랑이 내가
     그녀에게 가졌던 감정의 그림자와 같고, 감정의
     다양한 면들을 재현했으며 죽음 너머에 반영된
     사랑하는 마음이 겪는 여러 법칙을 따른다는

사실을 깨달았다.

「6편 사라진 알베르틴」『잃어버린 시간을 찾아서』

75 사랑은 자신이 갖지 않은 것을, 그것을 바라지
않는 사람에게 주는 것이다.

「7편 되찾은 시간」『잃어버린 시간을 찾아서』

76 우편물이 도착할 시간이 되면 나는 그날 저녁
다른 사람들처럼 혼자 중얼거렸다. "오늘은
질베르트에게서 편지가 오겠지. 한순간도 나를
사랑하지 않은 적이 없다고 고백하면서 지금까지
그 사실을 숨겨오고, 나를 만나지 않고도 행복한
척했던 이해할 수 없는 이유를, 단순히 친구처럼
굴어온 이유를 설명해주겠지."
매일 저녁 그 편지를 상상하며 즐거웠고,
편지를 읽고 있다고 생각했으며, 문장들을
낭송했다. 그러다 갑자기 두려움에 멈추었다.
질베르트에게서 편지가 온다면 그런 편지가
아니리라는 사실을 알고 있었으니까. 왜냐하면 그
편지는 내가 쓴 것이니까. 그러자 지금까지 그녀가
써서 보내주었으면 했던 단어들 중 가장 소중하고

기대했던 단어들을 혹시나 내가 발음함으로써
실현 가능한 영역에서 제외시키는 것 아닐까 하는
두려움에 단어들 자체를 머릿속에서 지워보기
위해 애썼다. 행여나 믿기 어려운 우연의 일치로
내가 쓴 편지를 질베르트가 보내준다면, 내가
필체를 알아보고 나한테서 온 편지라는 사실을
깨닫지 않기 위해 무언가 현실적이고 새로운 것,
내 의지와는 무관하게 정신의 외부에 있는 행복,
사랑으로 보내진 편지라는 느낌이 있어야 했던
것이다.

「1편 스완네 집 쪽으로」『잃어버린 시간을 찾아서』

77   한 사람을 향한 가장 배타적인 사랑은 그저 다른
     것에 대한 사랑일 뿐이다.

「2편 꽃핀 소녀들의 그늘에서」『잃어버린 시간을 찾아서』

78   질투는 우리 자신의 공포 속에 스스로를 가두고,
     삶에서 앞으로 나아갈 수 없게 만드는 악순환이다.

「7편 되찾은 시간」『잃어버린 시간을 찾아서』

79   친애하는 오라스,

오늘 그대 손을 꼭 잡아주고 싶었는데 물리적으로,
아니 신체적으로 불가능했다네. 나는 내 안의
고통스럽고 살아 있는 추억과 문학을 섞는 일을
싫어하는 편이지. 그런데 딱 한 번 만난 그대의
아내가 그 자리에서 내 작품들이 좋다고 친히
이야기해주었으니 그대가 진심을 다해 애도하고
있는 아내의 너무도 생생한 추억을 어둡게 만들지
않도록, 충실하고 감사한 마음을 담아 오늘 출간된
책을 그대에게 보내네.

「오라스 피날리에게 보낸 편지(1922. 4. 29.)」『프루스트 서한집』

80   사랑은 욕망과 희망으로만 살고자 하는
신기루이다.

「5편 갇힌 여인」『잃어버린 시간을 찾아서』

81   알베르틴의 드러난 목, 진한 분홍빛 뺨을 보고
나는 취한 듯 현실이 아닌 자연 속 견뎌내기 힘든
감정의 소용돌이에 던져졌다. 그녀를 보자마자
나라는 존재 안에서 작동하는 거대하고 파괴
불가능한 삶과 상대적으로 유약한 우주의 삶
사이의 균형이 깨져버렸다. (…) 자연이 나에게

줄 수 있는 모든 것이 하찮아 보였고 바다의
바람마저도 가슴을 부풀게 만드는 거대한 호흡
앞에서는 부족해 보였다. 나는 알베르틴에게
키스하려고 몸을 숙였다. 죽음이 그 순간 나를
내리친다고 해도 상관없었겠지만, 아니 내 생명은
외부가 아니라 내 안에 굳건히 있었기 때문에 그
일은 불가능했을 것이다.

「2편 꽃핀 소녀들의 그늘에서」『잃어버린 시간을 찾아서』

82 질투는 우리에게 고통을 주고 눈멀게 하며 존재를
파괴하는 감정이다.

「7편 되찾은 시간」『잃어버린 시간을 찾아서』

83 대화 자체는 우정을 표현하는 방식으로, 우리가
얻을 것이 하나도 없는 여담이다. 우리는 사는
동안 내용이 없는 1분짜리 말을 끊임없이
되풀이할 수 있지만, 예술 창작이라는 고독한
작업에서 사고의 흐름은 우리에게 닫히지 않은
유일한 방향인 깊이 안에서만 의미가 있으며,
우리는 많은 어려움을 무릅쓰고 진정한 진리를
향해 계속해서 앞으로 나아갈 수 있다.

「2편 꽃핀 소녀들의 그늘에서」『잃어버린 시간을 찾아서』

84 질베르트를 사랑하던 그 시절에도 나는 사랑이
우리 외부에 존재한다고 믿었다. 사랑은 기껏해야
장애물을 제거하도록 도움으로써 무엇도 바꿀
수 없는 질서 안에서 행복을 제공한다고 믿었다.
만약 사랑의 고백이라는 감미로움 대신 무관심을
가장했더라면 내가 지금까지 꿈꿔온 가장 큰
기쁨을 누리지 못하는 것은 물론, 내 마음대로
인위적이고 무가치하고 사실과는 무관한 사랑을
만들어냈을 것이며, 따라서 신비하고도 선재하는
사랑의 길을 따르기를 포기했을 것이다.

「1편 스완네 집 쪽으로」『잃어버린 시간을 찾아서』

85 행복 또는 적어도 고통의 부재로 인한 만족보다는
욕망의 점진적인 감소, 궁극적인 소멸을 추구해야
한다. 사랑하는 사람을 만나려고 애쓰기보다
만나지 않으려고 노력해야 하며, 망각만이 결국
욕망의 소멸을 가져온다.

「6편 사라진 알베르틴」『잃어버린 시간을 찾아서』

86 질투는 대부분 사랑의 대상에 가해지는 폭정에
대한 불안한 요구일 뿐이다.

「5편 갇힌 여인」『잃어버린 시간을 찾아서』

87 더 이상 사랑하지 않게 된 여성들을 몇 년 후에
다시 만나게 되었을 때 그녀들과 당신 사이에는
마치 그녀들이 더 이상 세상에 존재하지 않는
것처럼 죽음이 자리하지 않을까. 우리의 사랑이
더 이상 존재하지 않음으로써 과거의 그녀들과
우리를 죽은 사람이 되게 한다. (…) 이 세상의
모든 것이 마모되고 사멸하기 마련인데, 완전히
폐허처럼 파괴되면서 아름다움보다 덜 흔적을
남기는 것이 바로 사랑의 슬픔이다.

「6편 사라진 알베르틴」『잃어버린 시간을 찾아서』

88 우정은 우리의 삶을 비추며 가장 어두운 순간에
우리를 안내하는 빛이다.

「7편 되찾은 시간」『잃어버린 시간을 찾아서』

89 타인과의 관계에서 우리가 저지르는 대표적인
실수 두 가지는 자신은 선하다는 생각과 다른

존재를 사랑한다는 믿음이다. 우리는 웃음,
시선, 어깨에 매혹되어 사랑에 빠진다. 그것으로
충분하다. 그다음 오랜 시간 희망과 슬픔이 오가며
우리는 타인을 제조하고 성격을 만들어낸다.
나중에 그 사람을 자주 만날 때, 우리가 처한
현실이 아무리 비정하더라도 그런 모습을 지닌
존재에게서 이 선함, 우리를 사랑하는 본성을
앗아갈 수 없다.

「6편 사라진 알베르틴」『잃어버린 시간을 찾아서』

90 우리가 사랑에 빠지면 매일이 열정적인 기다림의
대상이자 모든 희망을 건 미지의 목표였던 어린
시절의 아름다운 능력을 되찾는다.

『장 상퇴유』

91 질베르트와 멀리 있던 시간에는 그녀를 보고 싶어
했다. 끊임없이 그녀의 얼굴을 그려봤으나 잘 되지
않았고, 그래서 내 사랑이 무엇을 의미하는지
정확하게 알지 못했다.

「1편 스완네 집 쪽으로」『잃어버린 시간을 찾아서』

92   우정은 만개할 때까지 애정을 쏟고 돌봐주어야
하는 섬세한 꽃과 같다.

「7편 되찾은 시간」『잃어버린 시간을 찾아서』

93   이제 그의 사랑에서 고통은 사라졌고 그녀에
대한 배타적 사랑, 그 누구보다도 프랑수아즈가
중요하다는 생각도 사라졌다. (…) 침대 주위의
다른 사람들보다 그녀에게 더 자주 시선을 준
까닭은 그녀의 눈에서 시냇물 같은 눈물이 흐르고
있었고 그가 연민을 느꼈기 때문이었다. 그는
곧 두 눈을 감을 것이고 그러면 그녀의 울음도
멈출 것이다. 그러고 보니 그가 의사나 나이 든
가족이나 하인들보다 그녀를 더 사랑하는 것은
아니었다. 이렇게 질투의 종말이 왔다.

『쾌락과 나날』

94   사랑은 단순한 감정이 아니라 하나의 예술이다.

「5편 갇힌 여인」『잃어버린 시간을 찾아서』

95   너무 늦게 온 행복 때문에 우리가 행복을 누리기
너무 늦었을 때, 더 이상 그 사람을 사랑하지

않게 되었을 때, 그 행복이 우리가 과거에 누리지
못해서 당시에 그토록 불행하게 만들었던 바로
그 감정인지는 확실하지 않다. 그것을 확인하려면
과거의 나를 되찾아야 한다. 그러나 그때의 나는
더 이상 여기에 없고, 아마도 과거의 내가 이
자리에 온다면 동일한 행복이든 아니든 행복은
사라지고 없을 것이다.

「2편 꽃핀 소녀들의 그늘에서」『잃어버린 시간을 찾아서』

96 인간을 바라보는 시각 변화는 사회적 관계보다
우정에서 눈에 띄지만 사랑에서 훨씬 더
가시적이다. 욕망의 규모가 훨씬 크다 보니 아무리
작은 차가움의 징후라도 큰 비율로 나타나기
때문이다.

「4편 소돔과 고모라」『잃어버린 시간을 찾아서』

97 인간은 결코 서로 동등하게 대하지 않으며, 균등한
우정이라 하더라도 그 방식에는 차이가 있고
결국에는 보전된다.

「3편 게르망트 쪽」『잃어버린 시간을 찾아서』

98 질베르트에게 보낼 편지를 다 쓰자마자 그녀에
대해 생각했다. 질베르트는 환상의 대상이 되었고,
코사 멘탈레Cosa Mentale(정신적인 것)가 되었으며,
그 편지를 너무 사랑해서 5분마다 한 번씩 다시
읽으면서 입맞춤을 했다. 드디어 행복을 알게 된
것이다.

「2편 꽃핀 소녀들의 그늘에서」『잃어버린 시간을 찾아서』

VI

자연과 묘사에 관하여

1 그 겨울은 저녁까지 뜻밖에 눈부신 봄날의 햇살이
   방문했다. 골목을 따라 햇살에 열린 발코니가
   집집마다 황금빛 구름처럼 떠다니는 것을 볼 때면
   어찌나 행복하던지!

『시평집』

2 게르망트가의 사회는 다른 귀족사회와 꽤
   달랐는데, 무엇보다 그들은 더 귀했고 소수였다.
   첫인상은 오히려 저속하게 느껴져서 일반인들과
   다를 바 없어 보였으나 그것은 발베크, 피렌체,
   파르마처럼 게르망트라는 이름을 내가 이미 알고
   있었기 때문이다. (…) 게르망트가의 귀족들,
   적어도 이 가문의 이름값을 하는 사람들은 단지
   피부, 머리카락, 투명한 시선의 아름다움을
   지녔을 뿐만 아니라 몸가짐, 걸음걸이, 인사하는
   법, 악수하기 전 사람을 바라보는 방식, 악수하는
   방식 등 모든 면에서 일반인들과는 다른 무언가가
   있었다.

「3편 게르망트 쪽」『잃어버린 시간을 찾아서』

3 꽃은 사랑의 전언으로, 그 어떤 말보다 훌륭하게

가장 깊은 마음을 표현해준다.

「7편 되찾은 시간」 『잃어버린 시간을 찾아서』

4 과도한 여름 저녁의 해는 얼마나 느리게 지는가!
맞은편 집의 창백한 그림자가 변함없는 흰색으로
끝없이 하늘에 수채화를 그리고 있었다.

「6편 사라진 알베르틴」 『잃어버린 시간을 찾아서』

5 일반적으로 우리는 최소한 축소된 존재로
살아가고 대부분의 우리 능력은 습관에 의거해
무엇을 해야 할지 알고 있기 때문에 잠들어 있는
상태이다. 하지만 오늘 아침의 기차 여행은 내
존재의 일상이 중단되고 시간과 장소가 바뀌면서
다양한 능력의 필요성을 일깨웠다.

「2편 꽃핀 소녀들의 그늘에서」 『잃어버린 시간을 찾아서』

6 오랜 시간이 지나고 밤에 깼을 때 콩브레를
기억해냈다. 이후로 나는 이 밤처럼 벵골의
불꽃이나 어둠에 잠긴 건물에 전깃불이 비추는
부분만 잘린 듯 보이는, 컴컴해서 전혀 구별이 안
되는 어둠 한가운데의 빛줄기를 결코 다시 보지

못했다. 꽤 넓은 바닥, 작은 거실, 식당, 내 슬픔의
비자발적 원인 제공자였던 스완이 들어오던 어두운
오솔길의 초입, 잔인한 걸음을 시작해야 했던
첫 번째 계단으로 향하던 현관. (…) 사실 누군가
나에게 아직도 콩브레가 나에게 다른 무엇을
의미하는지, 저녁 시간 외에 다른 시간의 일도
기억나는지 묻는다면 나는 내가 떠올린 것들이
단지 의도적인 기억, 지성의 기억에 의해서만
제공되었을 것이고, 지성이 과거에 대해 알려주는
정보는 그 외의 부분은 아무것도 간직하지 못하기
때문에 콩브레의 잔재에 대해서는 결코 생각하고
싶지 않다고 답할 것이다. 그리고 모든 것이 실제로
나에게는 다 죽은 상태였다.

「1편 스완네 집 쪽으로」『잃어버린 시간을 찾아서』

7   파르마 공주는 극도로 피곤해지기 시작했으나
이날 저녁보다 더 기분 좋은 적이 없었다.
세상에서 가장 기쁜 쉰부른 궁전에서의 체류조차
게르망트가에서 만큼 다양하고 신랄한 활력을
주지는 못했다.

「3편 게르망트 쪽」『잃어버린 시간을 찾아서』

8   꽃은 영원의 상징으로, 우리에게 불멸의 추억을
남겨주기에 결코 완전히 소멸하지 않는다.

「2편 꽃핀 소녀들의 그늘에서」『잃어버린 시간을 찾아서』

9   바람은 점점 심해졌다. 곧 내릴 눈으로 더
날카롭고 알알해졌다. 중앙로로 가기 위해 소형
트램에 올라탔는데 플랫폼에 있던 한 장교가
추위로 얼굴이 빨개진 어수룩한 병사들이 거리를
지나며 자신에게 경례하자, 그들을 알아보지도
못하면서 답례하는 모습을 보았다. 가을에서
갑자기 겨울로 들어선 이 도시에서 추위로 붉어진
그들의 볼은 우리가 마치 더 북쪽에 위치하고
있다는 느낌을 주었고, 브뤼헐의 그림에서 술이
올라 즐거운 농부들의 시뻘건 얼굴을 떠올리게
했다.

「3편 게르망트 쪽」『잃어버린 시간을 찾아서』

10   해가 지자 사과나무들 뒤로 멀리 보이는 바다는
보랏빛이었다. 수평선에는 작은 구름들이
시들어버린 화관처럼 가볍게, 지속되는 후회처럼
푸른빛과 분홍빛으로 부유했다. 늘어선

포플러나무가 우수에 차, 어둠 아래 성당 원화창의
장밋빛 속에 체념한 듯 머리를 떨구었다. 마지막
석양빛 줄기가 나뭇가지를 물들이고 컴컴한
난간 위에서 꽃으로 장식을 매달아둔 듯했다.
실바니의 풍경이 밤의 우수로 물들어 이보다 더
관능적이었던 때가 없었다.

『쾌락과 나날』

11 꽃은 실현되는 꿈으로, 우리를 모든 것이 가능한
    마법의 세계로 데려다준다.

「7편 되찾은 시간」『잃어버린 시간을 찾아서』

12 유일하게 진정한 여행, 젊음의 활기를 찾아주는
    여행은 새로운 풍경을 찾아가는 것이 아니라 다른
    시선으로, 타인의 시선, 수백 개의 다른 시선으로
    수백 개의 세계와 각기 존재하는 풍경을 보는
    것이다.

「5편 갇힌 여인」『잃어버린 시간을 찾아서』

13 앙리는 이탈리아 교회의 종소리처럼 부족하지도
    과하지도 않으며 각 부분이 완벽하게 배치된

아름다움을 통해 조화로운 소리로 귀를
만족시키는 매력을 지니고 있었다. 앙리는 매
시간 일, 슬픔, 기쁨을 울리는 종소리의 정확성을
갖고 있어서 우리의 무질서한 행동은 낭비된 힘,
불균형한 노력, 하찮은 결과, 광기와 부조화라는
불쾌한 인상을 주었다. 앙리에게는 어제의
슬픈 시, 내일의 불분명한 시가 아니라 그저
흘러가기보다 잘 채워진 하루의 시가 있었다.

『장 상퇴유』

14 자연의 보석인 꽃은 그 찬란한 아름다움으로 우리
삶을 빛나게 해준다.

「7편 되찾은 시간」『잃어버린 시간을 찾아서』

15 게르망트는 마치 소설의 배경처럼 묘사하기
어려워서 더욱 찾아보고 싶은 상상의
풍경이었는데, 실제 땅과 길 한가운데에
둘러싸여 가문의 문장 특색을 드러내며
역에서 약 8킬로미터 떨어진 곳에 자리하고
있었다. 나는 이웃 지역의 이름을 마치 고대의
파르나소스산이나 헬리콘 기슭이라도 되는 듯

기억했고, 그것은 지형학적으로 신비한 현상이
일어나는 물질적 조건처럼 귀중해 보였다. 콩브레
성당의 스테인드글라스 창문 아래쪽에 그려진
게르망트 가문의 문장도 다시 떠올려보았다. 이
저명한 가문은 각 세기마다 결혼이나 인수를 통해
독일, 이탈리아, 프랑스 등 북부의 광대한 땅과
남부의 강력한 도시들을 압도했고, 이들 가문이
게르망트에 합류하여 영지의 물질성을 상실하자
자신들의 녹색 성탑이나 은빛 성을 가문의 문장에
우화적으로 새긴 것이다.

「3편 게르망트 쪽」『잃어버린 시간을 찾아서』

16 꽃은 자연이 건네는 가장 다정하고 가장 순수한
말이다.

「1편 스완네 집 쪽으로」『잃어버린 시간을 찾아서』

17 밤에도 그 속삭임을 멈추지 않는 바다는 불안함을
안고 사는 사람들에게 이제는 잠들어도 좋다는
허가, 그 무엇도 사라지지 않을 것이라는 약속,
깨어나면 혼자임을 덜 느끼게 하려고 아이
머리맡에 켜두는 작은 전등과 같다. 대지와 달리

하늘과 구별되지 않은 바다는 하늘과 조화를
이루면서 아주 미묘한 뉘앙스의 감동을 준다.
『쾌락과 나날』

18   곧 낮이 줄어들어 내가 방에 들어가자 자줏빛
     하늘은 경직되고 기하학적이며 일시적인 섬광을
     발하는 태양의 모습(어떤 기적적인 징후, 신비로운
     유령의 표현처럼)에 의해 굳어진 것 같았다. 마치
     중앙 제단의 종교화처럼 바다를 향해 수평선
     경계 너머로 기울었고, 일몰의 또 다른 부분들은
     아래가 마호가니 소재인 책장의 유리에 노출되어
     어떤 멋진 회화작품에서 떨어져 나온 일부처럼
     느껴졌으며, 그 그림은 어느 고전 시대의 대가가
     신도회 부탁으로 성당의 성궤 위에 그렸으나
     성궤가 놓였던 제단 없이 미술관의 이런저런
     작품들 옆에 전시되다 보니, 관람객들이 머릿속에
     그림이 위치했던 성단 아랫 부분을 스스로
     그려보는 듯한 느낌이었다.
     「2편 꽃핀 소녀들의 그늘에서」 『잃어버린 시간을 찾아서』

19   진정한 여행자는 계획 없이 정처 없이 떠난

자이다.

「6편 사라진 알베르틴」『잃어버린 시간을 찾아서』

20 나는 비록 소수라도 몇몇 사람들과 함께
계속해서 게르망트가의 식사에 초대받았다. 한때
이 식사에 참석한 사람들을 생트샤펠성당의
사도들처럼 우러러보곤 했었다. 그들은 초기
기독교인들같이 그곳에서 단지 지상의 진미를
나눌 뿐만 아니라 일종의 사교적인 〈최후의
만찬〉 장면을 연상시켰다. 몇 번의 저녁 식사에
초대받은 나는 게르망트가의 교우 관계를 모두 알
수 있었고, 그들이 아주 호의적으로 사람들에게
소개해주어서 마치 가족처럼 나를 대하는 듯한
인상을 받았고, 만약 그들 가운데 누군가가
개최하는 무도회의 초대 명단에 내가 없다면 공작
부부에게 결례가 되리라 생각할 지경이었으며,
게르망트가의 와인 저장고에 감춰져 있던 샤토
디켐 와인을 마시면서 공작이 연구 끝에 신중한
변화를 준 멧새 요리를 즐겼다. 다만 이 신비한
식탁에 여러 번 앉아본 사람에게는 멧새 요리가
꼭 필수 코스는 아니었다. 식사 시간이 끝난 후에

공작 부부의 오랜 벗들이 그들을 만나러 왔는데,
스완 부인의 표현을 빌리자면 초대받지 않았어도
'이쑤시개'처럼 등장하여, 겨울이면 대살롱의
불빛 아래에서 따듯한 허브티를, 여름이면
직사각형 정원 한쪽 구석에서 오렌지에이드 한
잔을 마셨다. 게르망트가의 정원에서 마시는
음료는 오렌지에이드가 유일했다. 그것은 일종의
의식과도 같았다. 포브르 생제르맹의 대연회가
코미디극이나 음악이 추가되면 더 이상 연회가
아닌 것처럼 다른 음료가 추가된다면 전통을
왜곡할 것 같았다.

「3편 게르망트 쪽」『잃어버린 시간을 찾아서』

21   꽃은 우리 영혼의 반영으로 우리 가장 깊숙한 곳의
감정을 드러내준다.

「7편 되찾은 시간」『잃어버린 시간을 찾아서』

22   해가 없는 벌거벗은 듯한 날은 그날을 맛보고
자연을 깨물어보고 싶게 하는 날것의 느낌을
지녔다. 우리가 칙칙한 잿빛이라고 부르는 해가
없는 날, 행인들은 그 광선이 눈을 아프게 하는

은빛 거미줄에 걸린 청어 그물망처럼 보이지만,
우리는 창문에서 아직 빛을 발하지 않은 광선의
두근거림을 느낄 수 있다. 마치 그날 오후의
불확실한 마음을 진찰해 하늘의 흐린 미소에 귀
기울이듯 말이다.

『생트뵈브에 반하여』

23   진정한 여행자는 떠나기 위해 떠나는 자이다.

「2편 꽃핀 소녀들의 그늘에서」『잃어버린 시간을 찾아서』

24   밤 9시가 지났건만 여름의 해는 여전히
콩코르드광장을 비추며 룩소르의 오벨리스크를
분홍색 누가로 만들었다. 그런 다음 변색시키고
금속 재질로 바꾸면서 오벨리스크의 윤곽을 더
명확하게 할 뿐 아니라 더 얇고 유연해 보이게
했다. 손으로 비틀어볼 수 있을 것 같은 느낌, 아니
누군가 이미 이 보물을 약간 변형시킨 느낌이었다.
이제 달은 약간 이지러졌지만 조심스럽게 껍질을
벗긴 오렌지 조각처럼 하늘에 떠 있다. 시간이
조금 흐르면 더 단단한 금으로 변할 것이었다.
달 뒤에 꼭 감춰진 조그만 별 하나가 고독한

달의 유일한 친구가 되어주었고 달은 친구를
보호하면서 과감히 앞으로 나아가며 저항할 수
없는 무기처럼, 넓고 경이로운 황금 초승달을
동양의 상징처럼 휘두를 것이었다.

「4편 소돔과 고모라」『잃어버린 시간을 찾아서』

25   꽃은 지상의 어루만짐이다.

「2편 꽃핀 소녀들의 그늘에서」『잃어버린 시간을 찾아서』

26   나무의 실루엣이 푸른 금빛 눈에 선명하고 맑은
그림자를 우아하게 드리워서 한 폭의 섬세한 일본
판화나 라파엘의 회화 배경 같았다. 해 질 무렵
자연이 종종 그러하듯 그림자들이 나무뿌리에
길게 드리워 저녁 햇살이 풀숲을 물들이고 빛나게
할 때면 나무들은 규칙적인 간격으로 일어서는
듯한 느낌을 주었다. 그러나 그윽한 섬세함과
우아함으로 영혼처럼 가벼운 나무 그림자들이
펼쳐진 초원은 낙원이 되었고, 옥빛 눈 위에
빛나기 시작한 달빛이 찬란한 흰색으로 뒤덮으면
초원은 배나무 꽃잎으로 짜인 것 같았다.

「7편 되찾은 시간」『잃어버린 시간을 찾아서』

27   진정한 여행자는 여러 다양한 절망 속에 하루를
       보내고 위로받을 길 없어 밤새 울며 새벽에 떠나온
       작은 집구석에서 흔들리던 석유등의 이미지와
       기찻길과 화물 차량의 둔탁한 소리를, 파란
       밤사이에 우수에 찬 철길의 아름다움을 지우지
       못하는 사람이다.

「1편 스완네 집 쪽으로」 『잃어버린 시간을 찾아서』

28   무색의 포착 불가능한 시간이 질베르트를 통해
       보고 만질 수 있는 형태의 빼어난 걸작으로
       구체화되었다면 나에게는 그저 시간이 지나간
       흔적을 남겼을 뿐이었다. 그리고 질베르트와
       생루의 딸이 바로 내 눈앞에 있었다. 그녀는
       그윽하고 꿰뚫는 듯한 시선, 살짝 높은 매력적인
       코, 질베르트 쪽이 아닌 생루를 닮은 부리 모양
       곡선의 입을 지니고 있었다. 생루의 게르망트가
       영혼은 묻혔지만 날아가버린 새의 깊은 시선과
       매혹적인 얼굴이 딸의 어깨에 내려앉은 듯했고,
       그녀를 보면 생루를 알던 사람들은 오랫동안
       만감이 교차할 수밖에 없었다.

「7편 되찾은 시간」 『잃어버린 시간을 찾아서』

29 꽃은 그 향기가 열쇠인 수수께끼와 같다.
「7편 되찾은 시간」『잃어버린 시간을 찾아서』

30 방금 커튼을 젖혔다. 햇살이 발코니에 부드러운
쿠션을 펼쳐놓았다. 그럼에도 외출하지 않을
것이다. 찬란한 햇살이 나에게 행복을 약속하는
것은 아니니까. 왜 햇살을 보는 즉시 희망에,
아무것도 기대할 수 없고 모든 것에서 초연한
희망에, 그러나 순수한 상태에서 수줍고 부드러운
희망에 부풀게 되는가.
『시평집』

31 피렌체는 기적적으로 향기가 보관된 화관의 도시
같다고 생각해왔다. 백합의 도시로 불렸고, 성당
이름도 '꽃의 성모마리아Santa Maria del Fiore'였기
때문이다. 발베크는 채취된 땅의 색깔을 간직한
오래된 노르만 도자기처럼 폐지된 관습, 봉건적
권리, 오래된 장소의 상태, 이질적인 음절을
형성해온 낡은 발음을 여전히 볼 수 있는 이름 중
하나였고, 내가 도착하자마자 우유를 넣은 커피를
내주고 나를 교회 앞의 날뛰는 바다로 데려가는

숙소 주인에게 고대 우화의 주인공처럼 엄숙하고
중세적인 논쟁자의 면모를 부여하게 되리라는
점을 의심하지 않았다. (…)
아주 단순하고 현실적인 관점에서 볼 때도 우리가
꿈꾸는 곳은 실제 우리가 거주하는 곳보다 훨씬
더 중요한 입지를 차지한다. 내가 "피렌체, 파르마,
피사, 베네치아에 간다"고 말할 때 머릿속에서
그리는 것은 어떤 도시가 아니라 지금까지 알고
있던 것과는 다른 무언가, 어떤 감미로운 것, 항상
겨울 저녁 늦은 시간에 삶을 누려온 인류에게
알려지지 않은 놀라운 경이, 봄날의 아침이었다.

「1편 스완네 집 쪽으로」『잃어버린 시간을 찾아서』

32　꽃은 자연이 내린 예술작품으로 우리에게
　　아름다움과 삶의 유약함을 깨닫게 해준다.

「7편 되찾은 시간」『잃어버린 시간을 찾아서』

33　긴 여정의 기차 여행을 할 때 보는 일출 장면은
　　삶은 달걀, 화보가 실린 지역신문들, 카드놀이,
　　앞으로 나아가지는 않으면서 애써 조업 중인
　　작은 배들이 떠 있는 강과 더불어 빼놓을 수 없는

광경이다.

「2편 꽃핀 소녀들의 그늘에서」『잃어버린 시간을 찾아서』

34 먼바다의 수평선이 사과나무를 일본 판화의
배경으로 제공했다. 고개를 들어 꽃들 사이로
푸르른 하늘이 거친 듯 평온해 보였고, 사과나무
꽃잎들은 이 천국의 깊숙한 곳을 보여주기 위해
벌어지는 것 같았다. 푸른 하늘 아래, 가벼운
찬바람이 일자 꽃들은 더욱 붉게 살랑거렸다. 푸른
박새는 마치 이국적인 색채를 좋아하는 누군가가
인위적으로 살아 있는 아름다움을 만들어낸
것처럼 나뭇가지에 앉기도 하며 꽃 사이를 폴폴
뛰어다녔다.

「4편 소돔과 고모라」『잃어버린 시간을 찾아서』

35 꽃은 우리의 가장 행복했던 순간들을 떠오르게
해주는 추억이다.

「7편 되찾은 시간」『잃어버린 시간을 찾아서』

1871년	7월 10일, 파리 16구 오퇴유의 라퐁텐가에 있는 외종조부 집에서 파리대학교 의학부 교수이던 프랑스인 아버지 아드리앵 프루스트(37세)와 부유한 집안 출신의 유대인 어머니 잔 베유(22세)의 장남으로 태어난다. 가족은 파리 8구 루아가 8번지에 거주한다.
1873년(2세)	5월 24일, 남동생 로베르가 태어나고, 가족이 말제르브 대로 9번지로 이사한다. 동생은 병약했던 프루스트와 달리 건강하게 자란다.
1881년(10세)	봄, 불로뉴의 숲을 산책하다 돌아오던 중 처음으로 천식 발작을 일으킨다. 이후 죽을 때까지 천식 발작으로 고생한다.
1882년(11세)	10월 2일, 콩도르세 학교에 입학한다. 그러나 1884년부터 1885년까지 몸이 좋지 않아 자주 결석한다.
1886년(15세)	가을, 다시 2학년 생활을 시작한다.

1887년(16세) 수사학반에 진급한다. 방과후에 친구들과 샹젤리
             제공원에서 자주 놀면서 폴란드 외교관의 딸 베
             나르다키에게 애정을 품는다.

1888년(17세) 알퐁스 달뤼의 철학 수업을 들으며 깊은 영향을
             받는다. 자크 비제, 페르낭 그레그, 다니엘 알레
             비 등과 문학잡지를 펴낸다. 사교계에도 관심을
             보이며, 자크 비제의 어머니인 스트로스 부인(비
             제 사후에 은행가인 스트로스와 재혼)의 살롱에 드
             나들기 시작한다.

1889년(18세) 매주 일요일 작가 아나톨 프랑스의 연인 아르망
             카이아베 부인의 살롱에 다니며 아나톨 프랑스와
             친분을 쌓는다. 철학반을 수료하고 대학 입학 자
             격(바칼로레아)을 취득한 후, 11월에 오를레앙의
             군대에 자원입대한다.

1890년(19세) 할머니 아델 베유가 사망한다. 11월에 1년간의
             군 복무를 마치고 파리대학교 법학부에, 이듬해
             초 파리정치대학에 등록한다.

1892년(21세) 1월, 자크 비제, 페르낭 그레그, 다니엘 알레비 등
과 잡지 〈향연〉을 창간한다. 서평과 습작, 단편소
설 등을 발표하고, 그 대부분이 훗날 『쾌락과 나
날』에 수록된다.

1893년(22세) 4월, 포부르 생제르맹에서 멘토가 될 몽테스키외
를 만난다. 12월에 문학 학사학위 취득을 위한 공
부를 시작한다.

1894년(23세) 마들렌 르메르 부인의 살롱에서 레날도 안을 만
나 친분을 쌓고, 8월 루베이용 성에 함께 머물며
『쾌락과 나날』을 구상한다. 12월에 레날도 안의
소개로 알퐁스 도데와 그의 차남 뤼시앵 도데를
알게 된다.

1895년(24세) 1월 5일, 드레퓌스사건으로 드레퓌스 대위가 군
직을 박탈당한다. 3월, 문학 학사학위를 취득한
다. 6월에 마자린 도서관의 무급 사서가 되지만
계속 휴가를 갱신하며 일을 하지 않고, 7월부터
자전적소설 『장 상퇴유』 집필을 시작한다. 가을
에는 레날도 안과 함께 브르타뉴를 여행하고 베

그뢰에 머문다.

1896년(25세)   6월 12일, 칼만레비 출판사에서 첫 책『쾌락과 나날』이 출간되고, 9월에 110쪽 분량의『장 상퇴유』원고를 마무리한다.

1897년(26세)   2월,『쾌락과 나날』출간 후 문학비평가였던 장 로랭이 작품을 비하하면서 알퐁스 도데의 아들인 뤼시앵 도데와 프루스트가 특별한 관계(동성애 관계 암시)라고 언급한다. 이에 프루스트는 격분하여 뫼동 숲에서 결투를 신청하지만, 다행히 둘 다 무사했다.

1898년(27세)   1월, 에밀 졸라가 일간지 〈로로르L'Aurore〉에 드레퓌스사건을 규탄하는「나는 고발한다」를 발표하고, 프루스트는 2월에 열린 에밀 졸라의 재판을 방청한다. 9월에는 드레퓌스 대위의 무죄를 주장한 피카르 중령을 지지하는 서명에 참여한다. 10월에 첫 번째 네덜란드 여행을 떠나, 암스테르담에서 렘브란트 전시회를 관람한다.

1899년(28세)   6월 3일, 드레퓌스 대위의 처벌이 무효가 됨에 따라 피카르 중령도 엿새 후 석방되고, 9월 19일 드레퓌스가 사면된다. 프루스트는 10월에 프랑스 국립도서관에서 존 러스킨의 『건축의 일곱 등불 Seven Lamps of Architecture』 번역본을 읽고 러스킨과 대성당에 관해 연구하기 시작한다.

1900년(29세)   1월, 존 러스킨이 사망하고 4월부터 8월에 걸쳐 러스킨의 추모 기사, 평론 연구, 『아미앵의 성서』 번역본 서문 등을 발표한다. 5월에 베네치아 여행 후, 10월에 한 번 더 짧은 여행을 다녀온다. 가족은 쿠르셀가 45번지로 이사한다.

1901년(30세)   러스킨의 번역 작업에 몰두하며 각지의 성당을 방문한다.

1902년(31세)   봄, 외교관 친구인 베르트랑 드 페늘롱이 연회장을 뛰어다니는 모습이 「게르망트 쪽」의 로베르 드 생루가 등장하는 장면에 영감을 준다. 7월에는 스완의 모델이었던 찰스 하스가 사망한다.

1903년(32세)   동생 로베르가 마르트 뒤부아 아미요와 결혼하고, 곧 조카 슈지가 태어난다. 11월 23일, 아버지 아드리앵이 뇌출혈로 쓰러져 26일 사망하고, 페르 라셰즈 공동묘지에 안장된다.

1904년(33세)   2월 15일, 존 러스킨의 『아미앵의 성서』 번역본을 출간한다. 지인의 요트를 타고 노르망디, 브르타뉴 해안 지방을 항해한다. 8월에는 정교 분리를 반대하며 〈르 피가로〉에 「대성당의 죽음」을 발표한다.

1905년(34세)   〈인생의 예술Les Arts de la Vie〉에 『참깨와 백합』의 서문이 될 「독서에 관하여」를 발표한다. 9월에 어머니와 함께 에비앙에 가지만 어머니가 요독증에 걸려 파리로 돌아오고, 9월 26일 결국 사망한다. 비탄에 잠긴 프루스트는 12월부터 이듬해 1월까지 불로뉴 부근 의사 폴 솔리에 요양소에 요양차 입원한다.

1906년(35세)   5월, 러스킨의 『참깨와 백합』 번역본을 출간한다. 8월부터 베르사유의 호텔 레제르보와르에 장

기 체류하다 12월에 오스만 대로 102번지로 이사
한다.

1907년(36세) 8~9월, 카부르에 머물면서 교회를 구경하고 돌
아다니기 위해 자동차를 빌린다. 운전기사인 알
프레드 아고스티넬리를 고용한다. 이후 카부르에
는 1914년까지 매해 여름 머무른다. 11월에 〈르
피가로〉에 아고스티넬리를 언급한「자동차 여행
의 인상」을 발표한다.

1908년(37세) 2~3월, 〈르 피가로〉에 금융 사기 사건을 소재로
한 일련의 모작(발자크, 공쿠르형제, 미슐레, 플로베
르, 생트뵈브)을 발표한다. 11월부터 생트뵈브에
관한 에세이를 구상한다.

1909년(38세) 6월부터 생트뵈브에 관한 에세이와 소설에 관한
작업을 시작한다.

1910년(39세) 센강이 범람하여 오스만 대로에 물이 차오르고,
프루스트는 집에 틀어박혀 집필에 몰두한다. 〈르
피가로〉에서「생트뵈브에 반하여」출간을 거절당

한다.

1912년(41세) 〈르 피가로〉에 훗날 출간되는 「스완네 집 쪽으로」에서 발췌한 원고를 발표한다. 연말에 파스켈 출판사와 갈리마르 출판사의 전신 격인 NRF에서 『잃어버린 시간을 찾아서』의 첫 권 출간을 거절당한다.

1913년(42세) 3월 11일, 그라세 출판사와 자비 출판 계약을 맺고 11월 14일에 『잃어버린 시간을 찾아서』의 제1편 「스완네 집 쪽으로」가 출간된다. 이 시점에서는 전 3편으로 출간할 예정이었다.

1914년(43세) NRF에 있던 앙드레 지드가 출판을 거절한 것에 대해 정중하게 사과한다. 5월 30일, 아고스티넬리가 시험 비행 중 앙티브 앞바다에 추락해 사망하고, 프루스트는 슬픔에 잠긴 상황에서 집필을 이어간다. 제1차 세계대전이 발발하자 지인들이 하나둘 징집되고, 그라세 출판사는 문을 닫는다. 8월 중순, 프루스트가 세상을 떠날 때까지 곁에서 돌보며 조력했던 셀레스트 알바레가 가사도우

미로 고용된다.

1915년(44세)   몸이 좋지 않은 상황에서도 『잃어버린 시간을 찾
              아서』의 집필을 계속한다. 동생 로베르는 전선 병
              원에서 근무하고, 베르트랑 드 페늘롱을 비롯해
              친구 몇 명이 전사한다.

1916년(45세)   5월부터 '전쟁'이라는 주제를 작품에 도입한다.
              10월에 지드를 통해 NRF에서 『잃어버린 시간을
              찾아서』의 다음 권을 출간하기로 한다.

1918년(47세)   『잃어버린 시간을 찾아서』의 규모가 더욱 확장
              되어 4월에는 전 5편까지 구상하였다. 언어장애와
              일시적인 안면마비 등에 시달리면서도 완성을 서
              두른다. 11월, 제1차 세계대전이 막을 내린다.

1919년(48세)   6월 말, 「꽃핀 소녀들의 그늘에서」와 「스완네 집
              쪽으로」 개정판, 『모작과 잡록』이 동시에 출간된
              다. 10월에 아믈랭가 44번지로 이사한다. 12월
              10일, 「꽃핀 소녀들의 그늘에서」로 공쿠르상을
              수상한다.

1920년(49세)   1월, 「플로베르의 '문체'에 대하여」를 발표한다.
9월에 레지옹도뇌르훈장을 수상하고, 10월 22일
에 「게르망트 쪽 I」이 출간된다.

1921년(50세)   4월 30일, 「게르망트 쪽 II」와 「소돔과 고모라 I」
이 함께 출간된다. 6월, 「보들레르에 대하여」를
발표한다. 9월에 병세가 악화되어 자신의 방에서
혼수상태에 빠진다.

1922년(51세)   3월, 셀레스트의 조카 이본 알바레가 「갇힌 여인」
을 받아 적고 이 원고는 11월 갈리마르 출판사에
전달된다. 4월 29일, 「소돔과 고모라 II」가 출간
된다. 프루스트는 9월에 심한 천식 발작을 일으
킨 후 기관지염까지 발생하여 크게 쇠약해진다.
그러나 의사의 치료를 거부하고 감기로 인한 폐
렴을 앓다가 11월 18일 오후 4시가 지났을 무렵
사망한다. 부모와 같은 페르 라셰즈 공동묘지에
안장된다.

1923년   동생 로베르와 갈리마르 출판사 편집장인 자크
리비에르 등이 유고를 정리해 「갇힌 여인」을 출

간한다.

1925년   「사라진 알베르틴」이 출간된다.

1927년   「되찾은 시간」이 출간되며 『잃어버린 시간을 찾 아서』가 완간된다.

1952년   베르나르 드 팔루아의 주도로 갈리마르 출판사에 서 『장 상퇴유』가 출간된다.

1954년   『생트뵈브에 반하여』가 출간된다.

Marcel Proust, *À la recherche du temps perdu: Du côté de chez Swann*, Éditions Grasset, 1913.

Marcel Proust, *À la recherche du temps perdu: À l'ombre des jeunes filles en fleurs*, Éditions Gallimard, 1919.

Marcel Proust, *À la recherche du temps perdu: Le côté de Guermantes I et II*, Éditions Gallimard, 1920-1921.

Marcel Proust, *À la recherche du temps perdu: Sodome et Gomorrhe I et II*, Éditions Gallimard, 1921-1922.

Marcel Proust, *À la recherche du temps perdu: La prisonnière*, Éditions Gallimard, 1923.

Marcel Proust, *À la recherche du temps perdu: Albertine disparue*, Éditions Gallimard, 1925.

Marcel Proust, *À la recherche du temps perdu: Le temps retrouvé*, Éditions Gallimard, 1927.

Marcel Proust, *Les plaisirs et les Jours*, Calmann-Lévy, 1896.

Marcel Proust, *Sur la Lecture*, Henri Floury, 1905.

Marcel Proust, *Pastiches et mélanges*, Éditions Gal-limard, 1919.

Marcel Proust, *Chroniques*, Éditions Gallimard, 1927.

Marcel Proust, *Correspondance générale de Marcel Proust*, Éditions Gallimard, 1933.

Marcel Proust, *Jean Santeuil*, Éditions Gallimard, 1952.

Marcel Proust, *Contre Sainte-Beuve*, Éditions Gallimard, 1954.

Marcel Proust, *Ecrits sur l'art*, Éditions Gallimard, 1999.

Marcel Proust, *Le mystérieux correspondant et autres nouvelles inédites*, Éditions Gallimard, 2019.

Marcel Proust, *Les soixante-quinze feuillets et autres manuscrits inédits*, Éditions Gallimard, 2021.